KB076427

나는 소서노다

1판 1쇄 인쇄 | 2024년 04월 30일
1판 1쇄 발행 | 2024년 05월 08일

지 은 이 | 윤선미
펴 낸 이 | 천봉재
펴 낸 곳 | 일송북

주　　소 | 서울시 성북구 성북로 4길 27-19(2층)
전　　화 | 02-2299-1290~1
팩　　스 | 02-2299-1292
이 메 일 | minato3@hanmail.net
홈페이지 | www.ilsongbook.com
등　　록 | 1998.8.13(제 303-3030000251002006000049호)

ISBN 978-89-5732-327-4(03800)
값 14,800원

고대

민족의 고대사를 개창한 건국 여제

나는 소서노다

윤선미 지음

일송북

내가 바로 고구려,
백제를 건국한 왕이다

"나는 졸본부여의 왕재로 태어나, 추모와 함께 고구려를 건국하였으며 다시 두 아들과 함께 남하하여 백제를 건국하였다.
역사서에 나를 일컬어 왕이라 하지 않았으나, 엄연히 나라를 개창하여 백성들을 위한 정치를 펼쳤으니 더 이상 나의 존재를 부정할 수 없으리라."

-소서노가 독자에게-

서문

한국을 만든 인물 500인을 선정하면서

일송북은 한국을 만든 인물 5백 명에 관한 책들(5백 권)의 출간을 기획하여 차례대로 펴내고 있습니다. 이는 긍정적이든 부정적이든 우리 역사에 뚜렷한 족적을 남긴 인물들의 시대와 사회를 살아가는 삶을 들여다보고 반성하며, 지금 우리 시대와 각자의 삶을 더욱 바람직하게 이끌기 위해서입니다. 아울러 한국인의 정체성은 무엇인가를 폭넓고 심도 있게 탐구하는, 출판 사상 최고·최대의 한국 인물 총서가 될 것입니다.

시리즈의 제목은 「나는 누구다」로 통일했습니다. '누

구'에는 한 인물의 이름이 들어갑니다. 한 인물의 삶과 시대의 정수를 독자 여러분께 인상적·효율적으로 전할 것입니다. 무엇보다 지금 왜 이 인물을 읽어야 하는가에 충분히 답해 나갈 것입니다.

이번 한국 인물 500인 선정을 위해 일송북에서는 역사, 사회, 문화, 정치, 경제, 국방, 언론, 출판 등 각 분야의 전문가들로 선정위원회를 구성했습니다. 선정위원회에서는 단군시대 너머의 신화와 전설쯤으로 전해오는 아득한 상고대부터 아직도 우리 기억에 생생한 20세기 최근세까지의 인물들과 그 시대들에 정통한 필자를 선정하고 있습니다.

우리는 지금 최첨단 문명시대를 살고 있습니다. 인터넷으로 실시간 글로벌시대를 살고 있으며 인공지능 AI의 급속한 발달로 인간의 정체성마저 흔들리고 있음을 절감하고 있습니다.

이러한 때일수록 인간의, 한국인의 정체성이 더욱 절실히 요구되고 있습니다. 그 정체성은 개인이나 나라의 편협한 개인주의나 국수주의는 물론 아닐 것입니다. 보수와 진보 성향을 아우르는 한국 인물 500은 해당 인물의 육성으로 인간 개인의 생생한 정체성은 물론 세계와 첨단 문명시대에서도 끈질기게 이끌어나갈 반만년 한국인의 정체성, 그 본질과 뚝심을 들려줄 것입니다.

한국 인물 500인 선정위원회 (가나다 순)

위원장: 양성우(시인, 前 한국간행물윤리위원장)

위원: 권태현(소설가, 출판평론가), 김종근(前 홍익대 교수, 미술평론가), 김준혁(한신대 교수, 역사), 김태성(前 11기계화사단장), 박상하(소설가), 박병규(민화협 상임 집행위원장), 배재국(해양대 교수, 수학), 심상균(KB국민은행 노동조합 & 금융노동조합연대회의 위원장), 윤명철(前 동국대 교수, 역사), 오세훈(씨알의 소리 편집위원), 이경식(작가, 번역가), 오영숙(前 세종대학교 총장, 영어학), 이경철(前 중앙일보 문화부장, 문학평론가), 이덕수(시민운동가, 시인), 이동순(영남대 명예교수, 시인), 이덕일(순천향대학교, 역사), 이순원(소설가), 이종걸(이회영기념사업회장), 이종문(前 계명대 학장, 시조시인), 이중기(농민시인), 장동훈(前 KTV 사장, SBS 북경특파원), 하만택(코리아아르츠그룹 대표, 성악가), 하응백(前 경희대 교수, 문학평론가)

차 례

나는 소서노다

건국왕 소서노

제왕이란 어떤 자리인가?

원하는 것을 모두 차지할 수 있는 것이 왕인가? 나라의 정점에서 온갖 삿된 행동을 해도 법 위에 자유로울 수 있는 것이 왕인가? 내 맘대로 누구를 희생시켜도 당연한 것이 왕인가?

그런 왕, 그러한 무도한 독재자가 많았기에 많은 나라에서 봉기가 일어나고 왕정이 무너지지 않았는가. 심지어 민중의 손에 목이 달아나거나 대대손손 독재자, 악인의 후손이라 손가락질당하고 있지 않은가.

어진 마음으로 정치를 한다면, 천하의 벼슬하는 자들

이 모두 왕의 조정에서 벼슬하기를 바랄 것이고, 농사짓는 자들은 모두 왕의 들판에서 농사짓기를 바랄 것이며, 장사꾼들은 모두 왕의 시장에 물건을 쌓고 팔기를 원할 것이고, 여행하는 자들은 모두 왕의 나라 길을 통해 가기를 바랄 것이니 자기 군주를 원망하는 모든 백성이 왕에게 달려와 하소연하고 싶어 할 것이다.

맹자의 말씀이다. 이러한 왕이 되기 위해 세상에 선한 재주를 부리는 것이 정치다. 즉, 정치란, 사람과 사람이 소통하는 것이다. 지도자가 잘해 모두가 평화로울 수 있는 것이야말로 올바른 왕도의 결과다. 무소불위, 절대 권력이란 없다. 민중의 마음을 사지 않는 한, 결국 살아서든 죽어서든 그 대가를 치르게 된다는 소리다.

세계 역사에서 수많은 왕이 있었지만 수백 년 오랜 역사와 찬란한 문명을 영유한 나라를 둘이나 건국한 인물은 단 한 명이다. 여러 나라를 피로써 병합하여 대제국의 황제가 된 사례는 있어도, 나라의 기틀을 마련한 뒤 다른 이를 왕으로 세우고 그 배후에 선 인물 또한 단 한 명이다 바로 소서노(召西奴)다.

그러나 우리는 그녀에 대해 '고구려 시조인 추모왕(鄒牟王 또는 주몽, B.C. 58 ~ B.C. 19. 재위 B.C. 37 ~ B.C. 19)의 부인이자, 백제의 시조 온조왕(溫祚王, B.C. 44 ~ A.D. 28)의 어머니', 그 업적을 살펴 '우리 고대사의 대표적인 두 나라를 세운 여인' 이라고만 알고 있을 뿐, 자세한 행적은 알지 못한다. 김부식(金富軾, 1075 ~ 1151)의 『삼국사기(三國史記)』를 비롯한 권위 있는 사서들에 그녀의 흔적이 조금 드러나 있거나 아예 전무하기 때문이다.

조선 말, 일제강점기에 활약했던 사학자이자 언론가, 독립운동가였던 신채호(申采浩, 1880~1936)는 자신의 저서『조선상고사(朝鮮上古史)』에서 그런 점을 혹독하게 비판하고 있다.

『백제본기』는『고구려본기』보다 무척 문란하다. 백수십 년 감축은 물론이고, 그 시조와 시조의 출처까지 틀린다. 그 시조는 소서노 여대왕이니 하북 위례성, 즉 지금의 한양에 도읍을 정하고 그가 죽은 뒤에 비류, 온조 두 아들이 분립하여 한 사람은 미추홀에, 또 한 사람은 하남 위례홀에 도읍하여 비류는 망하고 온조가 왕이 되었는데 본기에는 소서노를 쏙 빼고 그 편의 첫머리에 비류, 온조가 각각 미추홀, 하남 위례홀에 분립하였다는 것과 온조왕 13년 하남 위례홀에 도읍하였음을 기록하였다.

또한,

소서노가 재위 13년에 죽으니, 말하자면 소서노는 조선 역사상 유일한 여성 창업자일 뿐 아니라, 고구려와 백제 두 나라를 건설한 사람이었다고 할 수 있다. 소서노가 죽은 뒤에 비류, 온조 두 사람이 "서북의 낙랑과 예(말갈)가 날로 침략해 오는데, 어머니 같은 성덕이 없고서는 이 땅을 지킬 수 없으니, 차라리 새 자리를 보아 도읍을 옮기는 것이 좋겠다" 하고 의논했다.

라고 하였다. 후세 사학자의 눈으로 보아도 소서노의 황후로서, 태후로서, 더 나아가 여대왕으로서의 존재감이 묻혔다는 사실을 매우 애석하게 생각하고 있음이다. 사서 속 한 줄, 존재만으로도 그녀가 당시 얼마나 큰 영향력을 끼쳤는지 그 이면을 충분히 짐작할 수 있는 대목이기도 하다.

그럼에도 공식적으로 우리나라 최초의 여왕을 신라의 제27대 왕인 선덕여왕(善德女王)으로 적시하고 있다. 기록도 부족하거니와, 소서노를 건국 시조로 인정조차 하지 않는다는 또 다른 실례다.

신라를 대표하는 성군으로 대내외의 많은 전쟁을 치러냈으며 삼국 통일의 초석을 다진 위대한 인물 선덕여왕과 소서노. 대표적으로 삼국 통일의 초석이냐, 두 나라 건국이냐를 놓고 두 인물 업적의 경중을 논하는 것은 바람직하지 않다. 다만, 왕위에 오른 시기가 700년 가까이 차이 나는데도 인정받지 못했던 바, '최초'라는 면에 방점을 둔다면 분명 소서노가 우위에 있음을 말하고 싶을 뿐이다.

고조선을 포함한 그 이전 상고시대 이야기가 신화화·상징화된 역사라고 한다면 고구려의 근간인 부여로부터는 확실한 역사의 기록임을 누구나 알고 있다. 그러한 역사 시대의 중·고대사를 이끄는 고구려와 백제 두 나라의 시작이 바로 이 소서노에서 비롯되었다.

추모가 홀본(忽本)에서 권력과 재력을 갖춘 소서노를 만나지 못했다면 과연 무엇을 할 수 있었을까? 대소 왕자에게 쫓겨 동부여국에서 거의 혈혈단신으로 탈출하여 나온 그가 새 나라를 건국하기란 불가능에 가까웠다. 이후, 추모가 자신의 친아들인 유리(瑠璃王, 재위 B.C. 19 ~ A.D. 18)를 태자로 삼으면서 가장 입장이 난처해진 이들은 소서노의 두 아들, 비류(沸流 B.C. 46 ~ B.C. 2)와 온조였다. 소서노는 두 아들을 이끌고 밀려나듯 고향을 떠나 남하할 수밖에 없었다. 이때, 척박한 북방과 달리 따뜻한 옥토에 새로운 나라를 세울 수 있었던 것 또한 소서노의 역할이 절대적이었다.

원시시대에는 자식을 낳고 이를 부양하던 모권이 부권에 비해 상당히 발달하였던 시기가 있었다. 이는 부성에 비해 자식을 지켜야 한다는 모성이 강했던 만큼, 그 조직을 먹여 살려 지켜낸 존재와 희생에서 자연 발생적으로 생긴 권위다. 이렇듯 당장 먹고 사는 것만이 목표였던 시기가 지나고, '소유'라는 개념이 발달하면서 세상이 바뀌기 시작했다. 부족한 것을 채우거나 더 많은 것을 차지하기 위해 타인의 것을 빼앗고 이를 지키려는 전쟁을 치르는 과정에서 부권이 급속도로 강해졌다.

부는 모의 뱃속에서 키워져 극한 고통 속에 살을 뚫고 나왔음에도 부를 더욱 높이 평가하는 관행을 만들어 모를 지배하고 종속시키고자 했다. 가족과 부족을 지키기 위한 전쟁을 통해 갖기 시작한 힘이, 가족과 사회에게까지 작용하여 그들 위에 군림하게 되었다. 이 또한 자연 발생적이고, 또 다르게는 조직 내에서 자리를 굳히기 위한 부권의 생존 방식이었던 셈이다.

이처럼 부계 중심, 강력한 부권이 이뤄낸 다소 폭력적이지만 필연적인 질서, 그렇게 성장한 남성의 우월성을 당연시하는 사관이 지금껏 사회에 지배적으로 작용하고 있었다. 그로 인해 소서노 또한 남성인 국조왕에게 가려질 수밖에 없었던 것이다.

삭제되고 평가 절하된 그녀의 역사를 바로 보게 된다

면, 홍익인간 사상으로 대변되는 우리 민족의 자주성과 위대함을 더욱 확신할 수 있을 것이다. 위민하는 마음으로 나라와 백성을 지키기 위해 자신의 이기를 버렸던 소서노. 그럼에도 폭풍처럼 몰아붙이는 운명에 굴하지 않고 다시 새 나라를 건국한 진정한 리더이자 킹 메이커 소서노를 소환한 이유다.

고대 국가들의 근간이 된 부여

고구려를 직접적·간접적으로 계승하거나 고구려에서 파생된 나라로 소서노의 나라 백제를 비롯해 발해, 후고구려, 고려를 들 수 있다. 성씨를 따르지 않은 백제를 제외한 대부분의 나라가 추모왕을 시조왕으로 삼고 사당에 모셨다. 그런 고구려가 바로 부여를 근간으로 삼았음은 부정할 수 없는 사실이다.

부여는 일찍이 쑹화강 유역을 중심으로 광활한 만주 지역을 지배하며 그 위세를 떨쳤다. 중국 북송의 유학자이자 역사가, 정치가인 사마광(司馬光, 1019~1086)의 『자치통감(資治通鑑)』 기록으로는, 부여가 처음 녹산(鹿山)에 자리를 잡았다고 되어 있다. 수도성은 부여성이며 지금의 장춘(長春), 농안(農安) 부근으로 비정되기도 한다. 하지만 안타깝게도 그곳에서 당시 유물이 발굴되지 않았다 하니 확신할 수는 없다.

이렇듯, 고대사에서는 지명 등에 있어 정확한 증거를 찾기 어렵고, 자료도 부족하며 서로 각자의 주장만을 옳다고 하는바, 지역적인 비정에 대해서는 따로 언급하지 않고 문헌상의 명칭만 밝히기로 한다.

부여의 영토는 『삼국지』,『후한서』 등에 거의 일관되게 기록되어 있다. 동쪽으로는 큰 바다에 인접한 읍루(挹婁), 서쪽으로는 몽골 인종으로 추정되는 오환(烏桓)에 이어 만주와 요동에 널리 퍼져 있던 동호계 민족 선비(鮮卑)와 접하였으며, 북쪽으로는 약수(弱水), 남쪽으로는 고조선 이후, 고구려와 접하는 사방 1,000리(또는 2,000리)에 널리 분포했다. 산과 언덕, 넓은 연못이 많고 동이 지역에서 가장 넓고 평탄한 곳에 터를 잡고 살았다. 토질이 좋아 오곡(쌀, 보리, 조, 기장, 콩)은 자라기 적당하였지만, 추운 날씨 탓에 오과(복숭아, 밤, 대추, 오얏, 살구)는 생산되지 않았다.

서진(西晉)의 역사가 진수(陳壽, 233~297)의『삼국지』위서 동이전 부여조에 따르면 매우 부유하고 선조 이래 남의 나라에 패해본 일이 없었다고 할 정도로 경제 수준이 높고 군사력이 강한 나라였다. 이는 고조선 대에 도입된 철기 문화의 발달과 궤를 같이 한다. 그로 인해 농업 생산력이 급증하고, 전쟁의 우위를 점할 수 있었기 때문이다. 석기나 청동기보다 경도가 강한 철기는 현재까지 가장 보편적으로 쓰이고 있는 만큼, 초기였던 당시로서는 가히 혁명이라고 할 수 있었다.

특히 부여에서는 중국이나 다른 나라에 비해 양질의 철이 생산되었다. 금속을 두들기거나 눌러서 필요한 형체로 만드는 단조(鍛造), 녹인 쇠붙이를 거푸집에 부어 물건을 만드는 주조(鑄造) 기술이 발달하여, 당시 어느 주변국도 함부로 얕보지 못하는 강국이 될 수 있었다.

왕실의 권위를 상징하는 궁실, 사회 질서에 대한 규제를 의미하는 감옥, 국가의 재정 상태와 경제력 등을 가늠할 수 있는 창고 등이 존재했다. '1책12법'이라 불리는 법이 있어 나라는 엄격하게 통치되었다. 도둑질한 자는 그

물건의 12배를 배상하고, 살인자와 간음한 자는 모두 사형에 처한다는 내용이 그것이다. 이를 통해 사회, 문화, 경제 전 분야에 걸쳐 주변 어느 대국과 비교해도 뒤떨어지지 않는 국가의 형태를 갖추고 있었다는 사실을 확인할 수 있다.

한반도 중남부의 한(韓)족과 함께, (고)조선의 주(主)가 되어 북방에 살고 있던 종족은 예맥족(濊貊族)이다. 부여족을 예맥족이라 불렀으며 그들의 후예인 동부여 출신 추모왕과 홀본(忽本 또는 졸본)부여 출신 온조왕이 각기 그네 나라의 시조가 된다.

조선 후기의 실학자인 정약용(丁若鏞, 1762~1836)의 우리나라 강역에 관한 역사지리서인『아방강역고(我邦疆域考)』중 예맥고(濊貊考)에 예맥이라는 명칭에 대한 설명이 기술되어 있다. '맥(貊)은 종족명(種族名)이고 예(濊)는 지명(地名)이자 수명(水名)이니 예맥(濊貊)은 구맥(九貊) 중의 일종(一種)을 지칭한다.' 즉, 예맥은 9개의 맥족 중 하나로, 예수(濊水)라는 강가에 사는 맥족이라는 의미다. 한(韓)족 외에 우리 역사의 맥을 잇는 또 하나의 종족인 셈이다.

『삼국사기』「백제본기」에는 온조왕 원년 5월, 왕이 동명왕묘를 세웠다는 기록이 있다. 흔히 '동명왕(東明王)'이라 하면 '동명성왕(東明聖王)'이라고도 불리는 추모왕을 생각할 수 있다. 그러나 이때의 동명왕은 추모가 아닌 부여의 시조 동명왕을 이른다. 온조의 아버지인 우태왕(優台王 재위 B.C. 47 ~ B.C. 41) 원년, 비류수에 동명묘를 세웠다는 기록(『백제왕기』)이 있으니 확실하다.

당시 온조의 처지를 생각해보면 더욱 분명해진다. 추모는 아내인 소서노의 홀본부여를 이어받아 그 자리에 새 나라를 건국한다. 그럼에도 불구하고 홀본의 후예이자, 온조의 동복 형제였던 비류를 태자 자리에서 폐하고 제 아들 유리를 태자 삼는다. 또한 그로 인해 소서노와 비류, 온조 두 왕자가 조국을 떠나야했으니 추모를 추앙해야 할 이유가 전혀 없는 것이다.

소서노와 추모의 고구려 건국 원년은 B.C. 37년이다. 그에 앞선 부여는, B.C. 108년 고조선이 한나라에 패망하기 전인 B.C. 2세기경에 건국된 것으로 전해진다. 중국에는 두 번째 통일 국가인 한(漢)나라가 있었고, 한반도 북부와 만주 일대에는 위만(衛滿)에 의해 고조선의 두 번째 세습 왕조가 된 위씨 조선(B.C. 194 ~ B.C. 108)이 흉노와 손을 잡고 한에 맞서던 시기다.

지리적으로 가장 북쪽에 자리했던 터라, 중국과의 관계가 나라의 성쇠에 큰 영향을 미쳤다. 한나라에 이어 후한 말 삼국시대의 위나라 등 중국의 중심국과는 대체로 우호적인 관계였던 반면, 고조선, 그 이후의 고구려와는 적대적인 관계로 지냈다. 결국 우리 역사에서 삼국 문화가 절정을 이루던 494년 고구려 문자명왕(文咨明王)에게 항복함으로써 복속된다.

시조는 앞서 언급했듯이, 동명왕이다. 후한의 학자 왕충(王充, 27~104)이 쓴『논형(論衡)』길험 편에는 "탁리국(槖離國)의 한 시녀가, 하늘에서 내려온 달걀 형상의 기운을 받아 아들을 낳게 되니 그가 곧 동명왕"이라고 기록되어 있다. 이는 동명왕의 탁리국 유이민설의 근거가 되는 이야기다.

여기에서 탁리국은 색리국(索離國)(『후한서(後漢書)』

동이열전 부여조 기록), 고리국(高離國)(『삼국지(三國志)』위서 동이전 부여조 기록) 등 다른 이름으로 표기되기도 한다. 다만 쑹화강 북방의 또 다른 부족 국가라고 알려져 있을 뿐, 그들의 문화, 습속 등 자세한 내용은 남아 있지 않다. 광활한 땅이 인간들을 품기 시작하고, 혈연으로 결속된 씨족에 이어 부족들이 연맹하여 여러 나라를 이루게 되니 칭제하는 이는 또 얼마나 많았겠는가. 탁리국 또한 마찬가지로 부여가 건국되기 전에 산재해 있던 여러 작은 부족 국가 중의 하나라고 여겨진다.

이후 해모수의 북부여, 해부루가 가섭원으로 이주하며 국호를 정한 동부여, 소서노의 아버지인 연타발에서 우태, 소서노로 대를 잇는 홀본부여(卒本扶餘), 비류수 상류 송양의 나라 비류국(沸流國), 압록곡의 해두국(海頭國王) 등 크고 작은 부여계 부족 국가들이 존재하였다. 그 외에도 동부여국 대소왕이 피살된 후, 막내아우인 갈사왕(曷思王)이 남하하여 해두국왕을 죽이고 그 자리에 갈사부여를 세웠다. 백제 제26대 왕인 성왕(聖王, 재위 523~554)은 '남부여국'이라 국호를 바꾸기도 하였다.

마지막으로 부여의 멸망 전후로 추정되는 시기, 『위서(魏書)』, 『신당서(新唐書)』 등에 두막루국(豆莫婁國)의 건국이 언급된다. 이 나라 또한 자신들을 부여의 후예라 하였으며, 726년 발해 무왕(武王, ? ~737)에 의해 멸망할 때까지 300여 년간 존속하였다.

이처럼 앞다투어 부여의 후예임을 표방하였을 정도이니 그 혈통과 이름을 몹시 자랑스럽게 여겼음이 분명하다. 두막루국을 제외하고도 그 역사가 족히 700년이다. 자료가 부족하다 해서 이를 대수롭지 않게 다루고 있는 요즈음 역사 교과서에는 분명 문제가 있다. 중국의 동북공정에 의해 부여국이 그 나라 이족 역사로 왜곡·편입되고 있는 실정이므로 좀 더 세심한 연구와 관심이 필요할 것이다.

부여의 풍속

부여인들은 지리적 특성상 말을 잘 타고 다루는 것이 일상이었기에 기마민족으로 분류된다. 다만 유목이 아닌, 정착하여 농업과 목축업을 주로 하였다. 연호는 중국식 연호를 사용하였다.

『삼국지』 위서 동이전 부여조에는, 그들이 은정월(殷正月)에 천신제를 행한 것으로 기록되어 있다. 바로 '영고(迎鼓)'라는 부여의 제천 행사다. 이때 나라의 백성들이 모두 모여 날마다 술 마시고 노래하며 춤을 추었다. 감옥에서 형벌을 다스리지 않고 죄수들을 풀어 내보내는 등 대사면령이 내려지기도 하였다.

여기서 은정월이란, 중국 은(상)나라의 정월을 이르는

말이다. 지금의 음력 12월에 해당된다. 당시 부여에서 중국의 역법, 은력(殷曆)이 사용되었음을 알 수 있다.

은력은 한나라 이전에 사용되었던 고육력(古六曆), 즉 365일과 1/4일을 1회귀년으로 정하고 있어 '사분력(四分曆)'이라고도 불리는 태음태양력(太陰太陽曆) 중의 하나다. 고육력은 황제력(皇帝曆), 전욱력(顓頊曆), 하력(夏曆), 은력(殷曆), 주력(周曆), 노력(魯曆) 이렇게 6종류의 역법을 이른다. 역법마다 각기 한 해의 첫 달인 세수(歲首)를 달리 두고 있는데, 그중에서 은력은 동지(冬至)가 있는 다음 달인 건축월(建丑月)을 세수(歲首)로 하였을 것이라는 추측 외에 자세한 내용이 전해지고 있지 않다.

은정월에 행해졌다는 영고는, 북이 하늘과 통할 수 있는 신비력을 지니고 있다고 믿었던 예맥족 풍습에서 유래한 이름이다. '둥둥둥 북을 울리면서 신을 맞이한다'는 의미를 갖고 있다. 이와 같은 제천 행사는 같은 예맥족인 고구려와 동예에서도 행해졌다. 동맹(東盟)과 무천(舞天)이 그것이다.

이러한 제천 행사는 저마다 자신들이 하늘을 섬기는

천신의 후예라는 점을 부각하기 위한 역할을 한다. 또한 국가나 연맹, 최소한 부족의 결속을 다진다는 의미에서 지금의 명절, 축제 등으로 면면히 이어지는 범국가적인 행사이기도 하다. 다만 동맹과 무천이 10월에 열리는데 반해, 부여의 영고는 오늘날의 음력 12월에 열려 시기적인 차이가 있다. 행사의 목적이 다르다는 것을 알 수 있다. 전자가 수확한 농작물에 대한 추수 감사제라면, 후자는 수렵 의식 또는 한 해의 첫 달을 맞아 그 해의 미래를 점치고 하늘의 은총을 기원한다는 정도로 이해된다.

동일한 사료에서 부여인의 의복에 대한 내용 또한 찾아볼 수 있다. 부여인들은 흰색을 숭상하였다. 보통은 흰 소매 달린 도포와 바지를 입고 가죽신을 신었는데, 외국에 나갈 때는 비단옷, 수놓은 옷, 모직 옷을 즐겨 입었다. 대인(大人)은 그 위에 여우, 살쾡이, 희거나 검은 담비 가죽으로 만든 갓옷을 입었고, 금과 은으로 모자를 장식했다. 그들의 백의는 이후, 우리 백성들의 기본 의복 색으로 보편화되었다. 우리를 '백의민족'이라 부르는 기원인 셈이다.

또한 부여인에 대해 체격이 크고 성질이 굳세고 용감하며 근엄·후덕하여 다른 나라를 쳐들어가거나 노략질하지 않았다고 설명하고 있다. 같은 종족인데도 호전적이고 사납다거나, 약탈경제로 대변되는 고구려인에 대한 평가와는 큰 차이가 있다.

두 나라에 대한 중국인의 평가가 다른 이유는 무엇일까? 『후한서』 동이전에서는 고구려를 부여별종(夫餘別種)이라고 불렀다. 언어와 법칙이 대부분 같았다. 그 이유는 그리 어렵지 않게 추측할 수 있다.

부여가 중원의 나라들과 깊은 유대관계를 맺고 친교한 반면, 고구려는 부여뿐 아니라 외세와 끊임없이 부딪치고, 정벌하거나 침략당하는 과정에서 중국에 큰 위협이 되어 왔기 때문이다. 기질이 다르다기보다 관계와 상황에 따른 입장 차이인 것이다.

물론 지리적인 영향도 간과할 수는 없다. 부여는 너른 평원이나 분지를 중심으로 분포해 살았다. 반면 주변 나라들을 복속시켜 방대한 영토를 차지하기 전의 초창기 고구려는, 산지가 많은 지역을 주 생활 근거지로 삼았다. 곡물 생산이 용이하지 않았던 고구려 처지에서는 약탈이 아니라면 생활을 할 수 없었다고 볼 수 있을 것이다.

여하튼 부여와 중국 간의 관계가 매번 우호적이었던 것만은 아니다. 111년, 7천 명이 넘는 군사를 이끌고 한사군의 낙랑군을 공격하였는가 하면, 167년에는 부여 왕이 직접 2만 군사를 이끌고 현도군을 공격하였다. 이를 통해 부여가 중원의 나라들에 예속된 관계라기보다 우호적이되, 쌍방 동등한 입장에서 서로를 예의 주시했음을 알 수 있다.

다만 대체적으로 중원의 나라들과는 도움을 주고받는 관계였으니, 이는 선비족 등 대치한 여러 나라를 막아 내야 하는 중국의 입장과, 그 외 나라들에 적대적이었던 부여의 이해관계가 맞아떨어졌기 때문이다.

이렇듯, '불패의 나라'라고 불릴 만큼 강성하고 주변 어느 나라에도 뒤지지 않을 만큼 부유했던 부여였는데도 왕의 권위에는 한계가 있었다. 부족 국가 연맹체에서 중앙집권적 군주 국가로 발전하지 못했기 때문이다.

왕의 아래에는 지방 행정을 관할하는 귀족들이 있었

는데 그들을 '대가(大加)'라고 불렀다. 그 외 왕의 직속 관리인 대사, 대사자, 사자 등에 의해 외교 및 군사, 국정 실무가 이행되었다.

특히 대가는, 각기 가축의 이름을 딴 마가(馬加), 우가(牛加), 저가(狗加), 구가(豬加)로 불렸으며 독자적인 행정구역인 사출도(四出道)의 부족장들이었다. 이들은 귀족회의인 제가회의(諸家會議)를 열어 의장인 상가의 주재하에 정사에 참여하였다. 죄인에 대한 재판을 비롯해 재정, 외교, 전쟁, 심지어 왕위 계승, 퇴위까지 국정 전반에 걸친 모든 논의가 제가회의에서 진행되었다.

이러한 대가들의 힘이 어느 정도였는지는 다음과 같은 『삼국지』의 기록에서 제대로 살펴볼 수 있다. "부여의 풍속에 장마와 가뭄처럼 날씨가 고르지 못하여 오곡이 영글지 않으면 항상 그 허물을 왕에게 돌려 마땅히 왕을 바꾸어야 한다." 왕이라는 이름의 권좌 외에, 초월적 존재로서의 입지는 주어지지 않았다는 것을 알 수 있다. 오히려 귀족들에게 견제되는 입장이었으므로 행동거지, 정치 행위, 자연재해 등 전반에 걸쳐 제약이 많고 책임감 또한 막중했다. 대신 제정일치 사회였던 만큼 왕 자신이 정치와 제사를 모두 관장할 수 있었다. 나라의 중심이 왕이라는 존재감과 상징성은 충분했다는 의미다.

천신제를 주도하는 주체도 왕이었다. 천신제는 영고를 비롯해 전쟁이 발발하거나, 나라에 흉사가 있을 때에도 행해졌다. 이때, 점사를 보게 되는데, 부여의 점법을 특히, 우제점법(牛蹄占法)이라 부른다. 소를 잡아 하늘에 제사 지내고 발굽의 상태를 관찰하여 그것이 벌어져 있으면 흉한 징조요, 합쳐져 있으면 길한 징조라고 여겼기 때문이다.

상나라 갑골문을 설명할 때, 거북이의 등갑을 구워 갈라진 모양새를 보고 점쳤다는 내용과도 유사하다. 다만 빙의한 영매가 아닌 왕으로서는, 자신의 뜻대로 귀족들을 포함한 백성들 모두를 안심시키거나 선동하려는 목적으로 이러한 점법을 이용하였을 공산이 크다. 단순히 고대에 일반적인 관습으로 볼 수도 있겠으나, 부여 왕의 입장에서는 그러한 점사를 통해 미래에 대한 예측을 조작, 왜곡, 은폐할 수 있었다. 대가들의 제재와 힘에 맞서 자신의 권좌를 유지하기 위한 방책으로 쓰였던 게다. 왕위가 세습되었다는 점도, 이러한 다소 위태한 자리를 유지할 수 있는 방책 중의 하나였다.

지배층인 왕과 귀족 간의 관계가 그러하다면, 당연히 피지배층에도 강자와 약자의 힘과 부의 격차에 따른 세습적 신분 제도가 자리 잡기 마련이다. 왕족을 비롯한 관료들로 이루어진 귀족층 아래 피지배층인 평민과 노예가 있었다. 평민 중 부유한 상층민을 '호민(豪民)'이라 불렀으며 일반민은 '하호(下戶)'라 하였다. 이 명칭과 역할은 고구려에까지 이어진다.

호민은 빈민인 하호를 소작농으로 부리거나, 노예를 가질 수 있었다. 누군가에게 부려진다는 면에서 하호의 위치를 노예와 동일시하였다는 중국의 사서 기록도 있다. 하지만 이는 분명한 오산이다.

노예는 전쟁, 형벌, 부채, 극빈 등 극단적인 상황에 의해 신분이 추락한 노예들을 시작으로 대부분 그 신분이 세습되었다. 이들은 신분을 넘어 혼인할 수 없었으며, 다른 신분의 집안이나 관에 예속되었다. 납세 의무가 없었지만 재산처럼 취급되었다.

그에 반해 호민은 가난하기는 했지만, 하호와 혼인할 수 있었고, 주거의 자유가 있었으며 사유 재산을 가질 수 있었다. 다른 이의 재산으로서가 아닌, 일반인인 만큼 세금에 대한 의무도 져야 했는데 빚을 져 부채 노예로 팔려 가는 경우도 종종 있었다. 이러한 상황은 이후의 고대, 중세의 나라들도 매한가지였으니 이미 이때부터 신분제가 철저하게 지켜졌다는 사실을 알 수 있다.

부여에는 독특한 특산물도 많았다. 『삼국지』 오환선비동이전(烏丸鮮卑東夷傳)에는 부여의 대표적인 특산물이 명마, 적옥, 담비 가죽, 원숭이 가죽, 대추알만 한 아름다운 구슬 등이라고 기술되어 있다. 특히 말 기르는 기술이 뛰어나 '부여의 말'이라 하면 모든 주변국이 탐을 냈다.

전쟁이 나면 직접 이러한 우수한 말을 타고 강한 철제 무기로 중무장한 채 전장을 누볐다. 어려서부터 몸에 밴 기마 기술과 발달한 철제 무기 덕분에 탁월한 국방력을 갖출 수 있었다. 다만 이처럼 전장에 직접 출정할 수 있는 것은 개인적으로 철제 병장기를 구비할 수 있는 귀족층이나 하호였을 뿐, 호민은 이를 대신하여 군량을 대거나 운반하는 보급병 역할을 했다. 노예는 그나마도 집안의 소유물이었기에 주인이 시키는 노역을 하거나 전공에 따른 상(賞)으로 하사되었다. 전리품의 대부분은 특권층이 차지했다. 철저한 힘의 논리로 피지배층들을 지배하고 억압할 수 있는 충분한 명분 중의 하나가 바로 군역이었던 셈이다.

부여의 관습 중 하나가 '형사취수제(兄死娶嫂制)'다.

부여의 형사취수제는 흉노, 선비, 몽골 등 북방 기마민족의 습속과도 같다. 만주족이 세운 나라인 청(淸)에까지 남아 행해졌던 습속이기도 하다. 형이 죽으면 동생이 남은 형수를 아내로 받아들이고 자식까지 거두는 제도로, 우리 역사에서는 고구려 초기까지 그 자취가 남아 있다.

형사취수제의 가장 잘 알려진 사례로 고구려의 우왕후(?~234년)를 꼽기도 한다. 고구려 제9대 고국천왕(故國川王, 재위 179~197)의 왕후였던 그녀는, 왕이 졸한 후 고국천왕의 아우로 왕위를 이은 산상왕(山上王, 재위 197~227)과도 혼인하였다. 이렇듯 2대에 걸쳐 왕후 자리를 누렸던 그녀의 역사적 사실을 들어 이 또한 형사취수제에 따른 것이라는 주장이다. 물론 이는 가문의 몰락을 막고, 권력을 유지하기 위한 우왕후의 궁여지책이기도 하였는데, 그만큼 일반적인 사회 풍속이었다는 방증이기도 하다.

이때 여자가 차례로 형에 이어 동생과 혼인하니 일처다부제에 해당한다고 보는 견해도 있다. 하지만 부여는 이미 원시 시대의 모권에서 벗어나 부권이 강하게 자리매김한 나라였다.

실례로 그들의 법에는 간음한 자를 사형에 처하되, 특히 여자의 경우 간음 외에 투기마저도 극형에 처하게 하며 그 시체를 남쪽 산 위에 버려 썩게 한다는 조항이 있다. 매장을 장례 예법으로 중시하는 사회에서 폭시(暴尸), 즉 시체를 방치한다는 것은 극형 중에서도 매우 끔찍한 형벌에 속한다. 이는 일부다처제의 가부장권을 확립하고 철저하게 가족 제도를 유지하기 위한 방편으로, 그만큼 남성의 부권이 우위에 있었음을 의미한다.

형벌에서도 보았듯, 부여의 일반적인 장례 예법은 매

장이다. 상주는 장례를 빨리 끝내지 않으려고 하는 반면, 손님들이 그만두기를 강권하면서 실랑이하는 것으로 예를 삼았다. 이는 초상을 치르는 정상(停喪) 기간이 길면 길수록 영화롭다 여겼기 때문이며 다섯 달 동안 행해지기도 하였다.

제사 지낼 때는 날 것과 익힌 것을 함께 썼다. 순백의 옷을 착용하되, 여인들은 베로 된 면의를 썼고 장신구는 착용하지 않았다. 그 예가 대체로 중국과 같았다고 『삼국지』 위서 동이전 부여조에 이른다.

그 외 매우 잔혹한 악습이기는 하나, 왕이나 부유한 권력자가 죽으면 그가 아끼던 물건(껴묻거리) 외에 노비, 첩, 가신 등 산목숨을 함께 매장하는 '순장(殉葬)제도'가 행해졌다.

『삼국지』 위서 동이전 부여조와, 『후한서』 동이열전 부여국조에 따르면, "귀인이 죽으면 사람을 죽여 순장하는데 많을 때는 백 명이나 되었다"라고 할 정도로 성대하게 순장 의식이 치러졌다. 즉, 죽어도 죽는 게 아닌 영원불멸을 바라며 내세에도 부와 권력을 품고 살기를 꿈꾸었던 권력자들에게 순장은 매우 자연스러운 일이었던 셈이다.

순장이 행해졌던 이유에 대해 이러한 일차원적인 추측 외에 또 다른 주장들이 있다. 경제적 측면으로 새로운 권력자가, 전 권력자의 남은 잉여인들까지 먹여 살려야 한다는 부담감 때문에 시행되었다는 주장, 정치적 측면으로 '왕이 죽으면 너희도 같이 묻는다'라는 공포심을 조장하여 사는 동안 극진한 보호를 받기 위함이었다는 주장, 전 왕의 실세를 쳐내기 위한 차기 왕의 권력 장악 방편으로 쓰였다는 주장 등이 있다. 분명한 것은 당시 권력자들이 자신의 권력과 영화를 과시하거나 유지하기 위해 이 제도를 관습으로 정하여 행하였다는 사실이다.

순장 제도는 이미 고조선 대부터 행해졌으며 부여를 거쳐 고구려 초기까지 공공연하게 치러졌다. 고구려에서의 마지막 순장에 대한 기록으로, 『삼국사기』「고구려본기」에, "동천왕이 죽자 왕이 예가 아니라 금하였음에도 장일에 능에 와서 순사하는 자가 매우 많았다"라는 내용이 있다.

물론 이러한 순장 제도는 세계 고대사에 문명을 과시

하던 메소포타미아의 우르, 고대 이집트, 스키타이, 잉카, 마야, 아즈텍 등 많은 국가와 종족들이 당연하게 행하던, 악습 중의 악습이다. 특히 중국에서는 고대부터 오랫동안 지속되다가 한나라 때부터 점차 사라졌지만 명 대 이후 부활하기도 하였다.

한반도 남부인 가야와 신라에도 이와 관련한 기록과 유적이 남아 있다. 신라의 지증마립간 3년(552년)에 순장을 금하였다는 기록이 있다. 가야에서는 그 나라가 망할 때까지도 순장이 계속되었다. 이들 나라의 순장 제도가 부여에서 도입되었다는 주장이 제기되기도 하였다. 물론 전쟁 포로와 농업 생산량이 증가하는 등 경제가 발달한 많은 고대 국가에서, 권력자들이 영생불사의 상징처럼 행해온 풍속이다. 딱히 부여의 영향이라고 주장하기는 애매할 수 있다. 다만 부정할 만한 근거도 없는 셈이다.

예를 들어 가야시대의 유물이 발견된 김해의 대성동 고분에서, 부여의 것으로 보이는 청동솥 등의 유물들이 발견되었다. 이를 통해 부여인 남하설, 기록에 없는 두 나라 간의 외교 관계, 또는 무역을 통한 물자 유입 등의 주장이 제기되고 있으며 부여의 풍속이나 문화도 함께 전해졌을 것이라는 추측을 가능하게 한다.

이처럼 부여는 당시 주변 나라들에 비해 상당히 부강한 나라였을 뿐 아니라, 이후 우리 고대사의 맥을 잇는 나라들에 문화적·사회적·역사적으로 지대한 영향을 끼친 국가다.

태생적인 연관성 외에도 지역적인 유사성으로 인해 농업과 목축업을 동시에 주요 산업으로 하는 기마민족이라는 공통점, 사출도의 대가 대신 5부족의 대가를 통한 제가회의, 그 습속을 그대로 이어받은 형사취수제며, 순장제도, 1책12법에 이르기까지 고구려에 그 명맥이 고스란히 이어졌다. 고구려 외에도 동시대의 옥저나 동예 또한 부여계이자 예맥족으로 보고 있으며 언어와 문화가 유사하였다고 전하니 제도나 습속 또한 비슷하였으리라 추측된다.

단군의 (고)조선이 우리 민족의 역사를 열고 뿌리를 이루었다면, 부여는 뼈대가 되어 찬란한 성장을 위한 주축이 되었던 것이다.

홀본부여의 차기 왕재

우리나라 옛 문헌에서 '소서노'를 찾기란 쉬운 일이 아니다. 그녀가 추모를 도와 세웠던 고구려의 역사 기록인『삼국사기』「고구려본기」를 비롯해, 그녀를 국모로 사당까지 지어 섬기던「백제본기」에서조차 그녀에 대해 제대로 다루고 있지 않다.

온조왕 편에 잠시, 비류를 백제의 시조로 보는 또 다른 주장을 들먹이는 부분에서 '졸본 연타발의 딸 소서노'라는 이름이 단 한 번 나온다. 그 외에는 "비류와 온조가 '어머니'를 모시고 남하했다"라고 되어 있는 부분과 "노파가 죽었다"라며 소서노의 죽음을 표현한 부분에 잠시 등장할 뿐이다.

다행인 것은 일제 강점기 당시 일본 궁내성 왕실 도서관 서릉부에서 사무 촉탁으로 일했던 한 문사가, 일본인들이 빼앗아간 우리 삼국시대의 역사서를 필사하여 그 내용이 전해지고 있다는 사실이다.

그가 바로 남당(南堂) 박창화(朴昌和, 1889~1962)다. 그가 남긴 남당 유고 30여 편 중, 『백제서기(百濟書記)』, 『백제왕기(百濟王記』, 『고구려사략』 필사본 등에서 소서노에 대한 기록을 찾을 수 있다.

물론 고증과 권위가 인정된 『삼국사기』에 비해 그 내용이 지나치게 상세한가 하면 배치되는 다른 견해의 서술을 이유로, 위서 내지 창작 논란까지 있는 것이 사실이다. 다만, 『삼국사기』조차 어느 부분은 편협하고 왜곡되었다는 평가를 받기도 하지 않는가. 다르다 하여 배제하고 부정하기보다는, 교차 검증하여 하나의 역사로 정립하는 데에 있어 의미 있는 사료라고 보아야 옳을 것이다.

남당의 필사본들이 단순한 필사본인지, 위서인지를 확인하기 위한 방법은 매우 간단하다. 궁내성 왕실 도서관에 소장되어 있는 원본을 공개하면 된다. 하지만 그 일이 지금껏 실현되고 있지 않으니 몹시 원통하고 안타까운 일이 아닐 수 없다.

여하튼 그의 필사본들의 내용, 특히 고구려 성립 초기의 내용들은 비슷하나, 각 나라의 입장에 따라 달리 서술되어 있기도 하다. 이 점만 보더라도 일개인이 모두 창작한 글은 아니라고 유추할 수 있다.

『백제서기』 우대왕(優臺王) 편에 소서노와 그의 첫 번째 남편인 우태에 대한 내용이 더욱 상세히 기록되어 있다. 원문을 토대로 다른 기록과 교차 검증하여 재구성해 보았다.

소서노의 첫 번째 남편은 동부여(東扶餘) 왕 해부루(解夫婁)의 서손인 우태(優台)다. 두 사람 사이에 비류와 온조가 태어났으며 우태 사후, 소서노는 우리가 잘 알고 있는 고구려의 동명성왕 추모와 혼인하게 된다.

소서노가 태어나고 자란 홀본부여(卒本扶餘)는 쑹화강 유역에서 시작하여 멀리 태백산 사방 천 리 널리 퍼져 있던 여러 부여계 국가 중에서 비류수 가에 터를 잡은 작은 나라였다. 이 또한 여러 부족 연맹체 중의 하나였으며 크고 작은 부여계 국가들 대부분이 그러하듯, 중국식 연호와 은력을 사용하였다. 당시 연타발(延陀勃)이 왕이었다.

연타발에게는 아들이 없었다. B.C. 66년, 소서노는 그의 세 딸 중 둘째로 태어났다. 소서노가 개중 가장 아름답고 영특하였기에 왕은 그녀를 후계자로 지목하고 키웠다.

부여의 여인들은, 말을 잘 다루고 전쟁에 출정할 정도로 기질이 강하였으며 그 재주를 배우는 데에 있어 별다른 제약이 없었다. 반면, 사내에 비해 상대적으로 사회적 지위가 낮았기에 부계 상속이 당연시되었다.

일례로 상간의 죄에서조차 공평하지 않았다. 부여의 법에 간음한 자는 사형에 처한다는 조항이 있는데 특히 부녀자의 간음과 투기에 대해서는 극형에 처하였다. 또한 그 시체를 남쪽 산 위에 버려 썩게 하였을 뿐 아니라, 여자의 집에서 시체를 거두어가기 위해서는 우마를 바쳐야 할 정도로 여성의 정조와 도리를 엄격히 다뤘다. 강한 부권의 행사인 셈이다.

다행히 소서노는 여느 여인이 아닌, 왕족이었다. 게다가 빼어난 미모나 왕의 후광이 아니더라도 뛰어난 재주와 영민한 두뇌, 하고자 하는 일은 꼭 이루고야 마는 추진력과 사내 못지않은 기개를 품은 재원이었다.

그런 소서노에 대한 소문은 홀본부여뿐 아니라 주변 국가에까지 자자했다. 여러 나라 왕자들이 사위가 되고자 앞다투어 연타발에게 사주를 보내거나, 대가들을 비롯한 귀족들이 각지의 특산물이며 귀한 방물들을 선물로 보냈다. 으레 그러하듯, 연맹하거나 결속하는 의미에서의 정략 결혼이라 할지라도 뛰어난 배우자에 대한 선호도가 높은 것은 어느 사회에서나 자연스러운 현상이다.

그런저런 청혼 자리가 무척 많았지만 연타발의 눈에 드는 이는커녕 소서노의 마음을 훔칠만한 사내를 찾기는 어려웠다. 자손의 번창을 위해서라도 조기 혼인이 마땅했던 시절, 그것도 다름 아닌 차기 왕위를 이을 왕재였던 그녀의 나이 20살이었다. 마땅한 혼처를 구하지 못했거나, 폭넓은 선택지 중의 하나를 까다롭게 고르는 중이었던 게다.

그녀에 대한 소문은 흘러 흘러 동부여국의 왕손 우태에게까지 전해졌다. 봉황의 눈, 또렷한 이목구비, 백옥 같은 피부, 삼단 같은 긴 머리채, 해박한 지식, 명석한 판단력, 제아무리 강단 있는 사내라도 설설 기게 만드는 언변을 칭찬하는 소문이었다. 한 번도 만나보지 못한 그녀였지만, 그의 마음에 연모의 정이 싹트게 된 것은 어쩌면 당연했다.

우태의 조부 해부루는 성군이었다. 부여의 시조인 동명왕이 강령한 후, 선정을 베풀어 북방 천하를 태평케 한 인물로 알려졌다. 그는 왕자들을 주변 나라에 나누어 보내어 백성들의 질병과 고통을 살펴보게 하였다. 존경하고 숭모하지 않는 이가 없었다.

여기서 '왕자들'은 해부루의 아들이 아니다. 다시 자세히 언급하겠지만, 해부루에게는 친자가 없다. 왕의 혈통을 대대손손 지탱해 나가기 위해서는 후사가 굳건해야 하는 법. 그는 아들을 얻고자 천신에게 제를 올렸다. 그리고 연못가에서 한 사내아이를 발견하게 되는데 그 아이를 하늘이 내린 자식이라 기뻐하며 데려다가 태자로 삼았다.

그가 바로 해부루의 다음 왕인 금와(金蛙)다.

이후 그 어떤 기록에서도 해부루가 아들을 낳았다는 내용은 없다. 왕자가 없는데 왕자들을 여러 나라에 보낸다? 그들로 하여금 백성들을 살피게 하였다? 왕에게 백성의 소리를 고스란히 전달하고, 그들의 고통을 위무해줄 수 있는 위치에 있는 '왕자'급 인물들은 과연 누구였을까? 추측건대 해부루의 가장 가까운 친족, 이종형제들, 혹은 그의 양아들인 금와가 낳은 왕손들이었을 것이다.

금와에게는 7명의 아들이 있었다. 해부루는 왕손들 중 금와에 이어 왕좌에 오를 태손을 가리기 위한 시험대로, 그들을 주변 여러 나라에 보냈을 공산이 크다.

해부루는 양자인 금와의 형제 모두를 왕손으로 받아들였다. 하지만 성정이 곧고 자애로운 왕도 편애하는 손이 있고, 달갑지 않은 손이 있었다. 편애하는 손은 첫째이자 금와의 적자인 대소(帶素)였고, 그렇지 않은 손이 바로 우태였다.

사서에 언급된 일련의 사건들을 살펴보면 대소의 성정이 결코 왕이 될 재목으로는 보이지 않는다. 그는 시기하는 일이 많아 참소하기를 마다하지 않고 거슬리는 존재를 제거하기 위해 획책하는가 하면, 터무니없는 이유를 들어 이해관계가 있는 남의 나라에 복속을 요구하는 등 음흉한 성품이었음을 알 수 있다.

『삼국사기』「고구려본기」 동명성왕조에는 금와의 7형제가 추모와 더불어 유희하였지만 그 재주가 모두 추모를 따르지 못했다는 내용이 기술되어 있으며, 이에 장자 대소가 왕에게 참소하는 장면이 나온다.

"주몽은 사람의 소생이 아니고 그 위인이 용맹하여 만일 앞서 그를 도모치 않으면 후환이 있을까 두려우니, 청컨대 그를 제거하소서."

고구려 제3대 대무신왕(大武神王) 3년 10월, 부여왕 대소가 사신을 통해 붉은 까마귀를 고구려에 보내는 장면에서도 그의 어리석고 교만한 성정이 여실히 드러난다.

한 부여인이 대소에게 사신을 보내 붉은 까마귀를 바쳤다. 머리는 하나요, 몸이 둘인 이 까마귀를 본 어떤 자가 말하였다.

"까마귀는 (원래) 검은 것인데 지금 이것이 변하여 적색이 되고 또 머리 하나에 몸이 둘이라 두 나라를 아우를 징조이니 왕(대소왕)께서 혹 고구려를 합병하실지 모르겠습니다."

이에 기뻐한 대소가 붉은 까마귀를 고구려에 보내는 동시에 그 어떤 자의 말을 전달하였다.

대무신왕이 군신과 의논한 후 다음과 같이 대답하였다.

"검은 것은 북방의 색인데 지금 변하여 남방의 색이 되고, 또 붉은 까마귀는 상서로운 물건이거늘 그대가 얻어서 가지지 않고 나에게 보내니 양국의 존망을 모르겠다."

이를 듣고 대소가 놀라며 후회하였다는 내용이다. 대무신왕이 어리석은 대소의 획책에 놀아나지 않고 이를 역이용하여 그의 코를 납작하게 만든 셈이다.

이와 같이 7형제 중에서 올곧지 않은 성품을 가진 대소가, 대를 이어 왕위에 올랐다는 것에는 그만한 이유가 있었을 것이다. 적손이자, 장손이라는 이유 외에도 성격상 왕 앞에서 아부하거나 왕을 기망하였을 것으로 짐작된다. 참소하고 기고만장한 꼴이 그러하다. 그에 반해 강직하고 꾸밈없는 성품의 우태를 해부루는 탐탁하게 여기지 않았다. 아둔하거나 재주가 없어서가 아니다.

우태가 해부루를 찾아가 간청한 바 있었다. 아름답다고 소문난 홀본의 딸을 만나러 가겠다는 직접적인 소리는 하지 않았다. 해부루가 왕자들을 주변 나라에 보낸다 하니, 이런 명분을 들었으리라 추측할 수 있다.

"대왕께서는 왕자들을 여러 나라에 보내시어 백성들의 고충을 살피고 계시지 않사옵니까? 소손 또한 주변 나라의 백성들이 어떠한 삶을 살고 있는지, 어떤 어려움을 겪고 있는지 알고 싶사옵니다. 홀본부여로 보내 주시옵소서."

해부루는 이를 가납하지 않았다. 이유는 간단했다. 그를 좋아하지 않았던 이유도 그것이다. 우태의 어미인 을씨의 신분이 미천했기 때문이다. 금와의 자식으로 왕손임은 인정하나, 정통성에 있어 지극히 먼 사람이란 뜻이기도 하다.

우태로서는 자신에게 유독 냉담한 해부루의 태도만으로도 더는 주청하기 어려웠다. 왕에게 허락받지 못한 이

국행, 태자인 금와나 미천한 제 어미의 허락은 더더욱 불가능했다. 이러한 상황에서 그가 택한 궁여지책은 오직 밀행이었다.

쌀알 속에 겉도는 모래알처럼 왕실 내에 섞이지 못하는 우태로서는 하루하루 소서노에 대한 연심만 쌓여갔으리라. 속앓이를 하던 우태는 그예 아무도 모르게 홀본부여로 향하였고 그녀를 만나려고 노력한 결과 그예 그녀와 만나 정을 통하게 되었다.

왕의 명을 어기고 타국에 건너와 신분을 드러낼 수 없었던 힘없는 왕자가, 공식적이지 않은 자리에서 한 나라의 공주를 만나기란 쉽지 않았을 것이다. 몇날 며칠 왕궁 앞에서 기다리고 또 기다리면서 그녀를 만날 수 있기만을 바랐으리라. 사냥터든, 저잣거리든, 행차길이든 그녀와의 우연한 만남을 가장하기 위해 오랜 시간 주변 소식을 전해 들으면서 작전을 짰으리라. 그렇게 어찌어찌 마치 인연처럼, 우연처럼 그녀를 만날 기회를 성공시켜 마음을 나누고 사랑하게 되었으리라. 하니, 그의 생김이나 능력 또한 범상치 않았음을 알 수 있다.

왕 누가 보낸 사주, 왕자 누구의 초상, 대가들의 무수한 패물들도 마다한 채 몰래 만난 사내와 나눈 뜨거운 사랑. 그 충동적이고도 열렬한 감정 하나만으로 왕이자 아비인 연타발의 거센 반대를 이겨낸 소서노였기 때문이다.

금와의 조건

연타발은 그녀와 우태의 관계를 허할 수 없었다. 정략적으로 국혼을 해야 할 나라의 왕재가, 부왕의 허락도 없이 다른 사내와 정을 통했다는 이유 때문만은 아니다. 당시 대국이었던 동부여와의 지난한 관계가 가장 큰 이유였다.

앞서, 해부루 왕은 우태의 홀본부여행을 가납하지 않았다. 그런데 어느 날 갑자기 왕궁에서 사라진 우태가, 홀본에서 그 나라 공주와 눈이 맞았다 하면 이를 흔쾌히 받아들이기란 쉽지 않았을 것이다. 어명을 어겼으니, 이는 국법을 어긴 것과 같아 여차하면 참형에 처해질 수도 있는 상황이었다.

홀본은 부여계 국가들 중에서 강성했던 동부여에 비하면, 비류수가에 자리 잡은 작은 부족 국가에 불과했다. 해부루가 대왕이라면 연타발은 제후 정도의 영향력이 있었다. 해부루가 우태 어미의 미천한 출신 성분을 탐탁지 않게 여긴다는 사실을 알고 있었던 연타발은,

"왕이 허락하지 아니하니 과인 또한 허하지 않겠다."

라며 소서노에게 다시는 우태를 만나지 말 것을 명하였다.

문제는 소서노였다. 이번에는 그녀가 부왕의 명을 어기고 우태와 사랑의 도피행각을 벌인 것이다.

두 사람은 태백산 골짜기 비류천 상류로 도피했다. 그들의 사랑은 마른 나뭇 가지에 붙은 불꽃처럼 맹렬하게 타올랐다. 비록 양국의 왕 누구에게도 인정받지 못하는 관계였지만 그 사랑을 멈출 수는 없었다.

동거를 시작한 두 사람은, 물의 신에게 제사를 올렸다. 물의 신이라면, 추모왕의 건국 신화에서도 언급하겠지만 (추모)왕의 외조부인 하백이다. 단군(檀君) 신화에서 단군의 조부 환인(桓因)을 하늘신이라 칭한 것처럼, 추모의

신화에서도 추모의 아비는 천제의 아들 해모수요, 외조부는 물의 신 하백이라 하여 그 신성한 혈통을 과시했다.

단군 신화에서 삼칠일 만에 사람이 된 곰에 대한 해석으로, 곰을 숭상하는 부족 딸이었을 것이라 추정하듯, 추모의 외조부 하백 또한 물을 숭상하는 부족장이거나 강변에 터를 잡고 사는 막강한 세력의 부족장일 것으로 보인다.

그렇게 제사를 올린 소서노와 우태 두 사람 사이에 드디어 아들이 태어났다. 이름을 비류(沸流)라 하였다. 두 사람이 만나 첫 정을 나누고 사랑의 도피처로 그들을 품어준 비류수에서 그 이름을 땄다.

그렇게 두 나라 왕족이 만나 천제에 버금가는 신성한 존재 하백에게 제사를 올린 결과 아들을 낳았다는 사실은, 또 하나의 신화적 인물 탄생을 알리는 장치로 보아야 옳을 것이다. 백제 시조를 비류로 보는 견해에서 가능한 일이다. 또한『백제서기』에서 온조의 백제(百濟)가 탄생하기 전까지 비류가 소서노의 도움으로 미추홀국(또는 백제)을 건국하여 다스렸다는 내용과 상통한다. 온조의 탄생에 별반 신성성이 가미되지 않은 것과 배치되는 부분이다.

한편, 연타발은 몹시 심상해 있었다. 아들이 없는 상황에서, 소서노라면 자신의 대를 이어 홀본부여를 굳건히 지켜나가기에 충분한 자질이 있다고 확신했다. 그렇게 애지중지하던 딸이 처음 본 사내에게 홀려 자신의 뜻을 거스르고 궁을 떠났다는 사실을 받아들이기는 쉽지 않았다. 이 모든 일이 홀본에서 벌어졌다는 이유만으로, 동부여국 해부루가 자신에게 책임을 물을 수도 있다는 사실에 하루하루 불안하였으리라.

이때 소서노와 우태 사이에 아들이 태어났다는 소식이 전해졌다. 연타발은 더 이상 두 사람 관계를 원래대로 되돌릴 수 없다는 사실을 깨달았다. 결국 그는 사람을 보내어 두 사람에게 돌아올 것을 명하였다.

소서노와 우태가 물의 신에게 제사를 올리면서까지 아들을 낳기 위해 노력한 것이 바로, 두 나라의 왕을 모두 설득시킬 수 있는 유일한 방법이라 여겼기 때문이다.

드디어 소서노가 우태와 함께 궁으로 돌아왔다. 그들

을 맞는 연타발의 낯에 순간 화색이 돌았다. 물론 강보에 싸여 소서노의 품에 안긴 비류도 반가웠지만 그녀의 남편이 된 우태를 처음으로 본 연타발은, 그의 범상치 않은 외모를 보고 극진하게 환대했다. 부마 자리로 동부여국의 왕손이라면 차고 넘치는 상황에서 아들까지 낳았으니 대국에서도 더 이상 그들의 혼례를 반대할 명분이 없으리라 보았다. 게다가 그 사이 우태를 눈엣가시처럼 여기던 해부루가 졸하고 우태의 아비 금와가 왕위에 올랐다.

『백제서기』 우대왕조에는 당시 해부루 왕의 태자 금와가 왕위에 올랐으며, 우태를 졸본의 왕으로 명하였다는 기록이 있다. 한(漢) 효원제(孝元帝) 초원(初元) 2년(B.C. 47) 갑술(甲戌)년의 일이다.

갑자기 홀본의 왕좌가 우태에게 돌아가게 되고, 금와가 이를 명하였다는 부분에 대해서는 곰곰이 생각해볼 필요가 있다. 왕재인 소서노를 제치고 우태가 홀본의 왕이 되었다는 것은 무엇을 의미할까?

분명 연타발은 졸한 상태가 아니다. 『삼국사기』와 필사본 『고구려사략』에는 추모왕 원년인 B.C. 37년에 연타발이 죽은 것으로 기록되어 있다. 그렇다면 살아 있을 때 상왕이 되면서까지 딸이 아닌 사위에게 왕위를 양위하였다는 소리다.

그 이유를 짐작하기는 그리 어렵지 않다. 우태를 홀본의 왕좌에 앉힌 이가 금와라는 점에서 그 이유를 엿볼 수 있다.

앞서 언급한, 하지만 오랜 후의 일인 고구려 대무신왕대, 동부여의 대소왕이 보냈다는 붉은 까마귀와 관련한 일화를 되짚어보자. 즉, 홀본부여나 그 땅에서 건국한 고구려는, 그 이전에도 이후에도 크고 작음의 차이는 있으되, 동부여국의 속국은 아니었다는 의미다. 하지만 금와의 아들인 우태가 홀본의 왕재와 혼인하게 되는 상황에서라면 이야기는 달라진다. 금와가 자신의 윤허 없이 동거한 소서노와 우태의 혼인을 허락하는 조건으로, 모종의 거래가 성립되었을 가능성이 있다. 바로 우태를 홀본의 왕위에 올리는 일이다.

홀본은 작은 부족 국가이긴 하나, 뛰어난 장사 수완, 통치 능력을 발휘한 연타발에 의해 꽤 건실한 나라의 모양새를 갖추게 된 나라다. 지형적으로도 험준한 산에 둘러싸인 분지 지형으로 외세의 침략을 막아내기 용이하고, 비류수를 따라 펼쳐진 넓은 충적지에서 나는 양질의 곡물들이 풍부하였다. 금와가 충분히 탐을 낼만한 곳이었다.

금와는 오래전부터 눈여겨보고 있던 이 홀본을, 드디어 차지할 수 있는 기회라 여겼다. 두 나라 왕가의 혼사를 통해 전쟁을 치르지 않고도 그 땅에 대한 점유권을 차지할 수 있다면 더할 나위 없는 조건이었다. 연타발 또한 대국을 거스르지 않고 자신의 혈통으로 하여금 홀본을 이어받게 할 수 있는 최선의 방법이라 여겼다.

졸지에 왕좌를 놓친 소서노의 입장도 크게 다르지 않았다. 사랑하는 우태와 혼인하기 위해 왕좌를 포기한다는, 매우 단순하면서도 숭고한 이유만이 아니었다. 정략결혼이 관례였던 공주의 처지에서, 대국 왕의 허락 없이 왕의 아들과 정을 통하였으니 혹여 왕의 분노로 말미암아 자신의 나라가 침략당할 수도 있다는 일말의 책임감이 있었을 것이다. 또한 전생에 걸쳐 그녀가 행한 선택으로 보건대, 굳이 왕이 되려고 아득바득하느니 양가의 결정에 따라 평화로운 양위를 택한 것이다.

또한 거친 사내들이 득실대는 외교적 쟁투의 무대에서 여성인 자신이 왕위에 올랐을 때 일어날 수 있는 분란을 생각하지 않을 수 없었다. 자신이 여왕의 자리에 오른다면 이를 얕보고 덤벼들 타국과의 격렬한 전쟁이 불가피하다 여겼던 게다. 그러느니 차라리 재주 있는 근친 남성에게 양위하고 그를 보필하는 것이야말로 나라를 굳건히 지킬 수 있는 최선의 방책이라 판단했다. 가족과 나라를 지키고, 백성들을 안심시키는 것이 우선이었던 것이다.

그렇게 서로의 이해가 맞물린 결과로 우태가 홀본부여의 왕이 되었다.

홀본의 여왕이 되다

우태왕 원년(B.C. 37) 갑술년 5월, 왕은 소서노를 왕후로 책봉했다. 이어 동명왕의 사당을 비류수가에 세워 모셨다. 이는 왕 자신이 금와의 적자가 아닌, 서자이기 때문에 더더욱 필요한 행위였다. 부여계 국가들의 공통된 시조인 동명왕의 후손임을 공고히 함으로써 같은 부여계 국가인 홀본부여의 왕위를 승계하는 것에 대한 정통성을 부여하기 위한 당연한 행위였다.

우태왕 4년(B.C. 44) 정축년, 둘째 아들 온조(溫祚)가 태어났다. "부모에게 효하고 형제 간 우애가 있으며 백성을 다스림에 선하였고 웅대한 계략이 있었다."라고 평가되는 바로 그 '완전한 백제국의 시조' 온조왕의 탄생이다.

소서노에 대한 우태의 애정은 더욱 각별해졌다. 연이어 두 아들을 낳아 그의 아들 중 하나로 홀본부여를 이어받게 되었으니 동부여국과의 관계에서도 아버지 금와왕에게 면이 섰으리라.

7월에 영토를 동, 서, 남으로 나누어 을씨, 흘씨, 해씨를 그 고을들의 우두머리로 삼았다. 을씨는 우태 어머니의 성씨이기도 하거니와, 소서노와 을음(乙音)의 어머니인 을류(乙旒)의 성씨이기도 하다.

이에 언급된 을음은 홀본부여의 왕족 출신으로 소서노와 동복 남매이기는 하나 아비가 달랐다. 차후, 소서노로부터 우보의 직책을 받아, 수시로 백제를 침탈하는 말갈을 상대로 큰 공을 세우게 된다. 그만큼 을씨는 명망 높은 가문의 성씨인 셈이다.

필사본『유기추모경』에서는 홀본부여의 왕족은 본시 을씨라고 설명하기도 한다. 내용인 즉, 이렇다. 애초에 졸본후(왕)는 을족이었다. 을족은 숙부인 곤연백 을송의 딸 을류(씨)와 혼인하여 아들 을음을 낳고 죽었다. 당시 연타발이 국상이었다. 연타발은 7국의 난리 중에 사직을 지킨 공이 있어 왕 위에 올랐고 을족의 처자를 떠맡게 되었다. 그는 을류를 처로 맞이하여 딸 관패와 소서노를 낳았다. 관패는 소서노의 언니이며, 비류국 송양왕의 부인이 된다.

물론 을씨가 명망 높은 가문의 성씨라는 점에 배치되는 기록 또한 있다. 바로 미천한 신분이라는 이유로 해부루에게 천대받았던 우태 어머니 또한 을씨라는 점이다. 다만 우태 어머니의 경우, 태자의 아들을 낳은 입장이다. 해부루가 명목상 신분을 높여주기 위해 기존 성씨 중의 하나를 하사하지 않았을까 추측된다.

또 한 가지 의문점이 있다면 문헌에 소서노의 어머니를 을송의 딸 '을류씨'라 기록하고 있다는 점이다. 일반적으로 역사 속 여인의 이름 대신 성씨만 부르는 경우는 허다하다. 하지만 마치 이름 뒤에 붙이는 존칭처럼 '을류' 뒤에 '씨'가 붙었다는 것은 다소 이해가 되지 않는다. 오기로 보인다.

여하튼 본시 홀본부여의 왕족이었다는 을씨와 동부여, 북부여의 왕족과 혈통이 같은 해씨, 그리고 또 다른 명

문가 성씨였을 흘씨에게 고을의 우두머리 자리를 내렸다는 것에는 특별한 의미가 있다. 왕이 직접 선임한 부족장들에게 지방 행정을 맡기고 그들의 자치권을 인정하는 대신, 중앙에서 직접 통제하겠다는 의도인 것이다. 우태가 중앙 집권 체제를 시도하였다는 의미이기도 하다.

이처럼 우태는 홀본부여를 이어받아 나라의 질서를 확립하기 위해 애를 썼다. 해부루의 서손으로 천대받았던 설움을 달래기 위해서라도 소서노의 나라 홀본을 부강한 나라로 만들어 그 위에 우뚝 서고 싶었다. 영민하고 홀본에서 압도적인 지지를 받고 있는 소서노가 곁에 있는 한, 결코 어려운 일은 아니었다.

그런데 뜻밖의 일이 벌어졌다. 우태왕 7년(B.C. 41) 경진년 정월, 왕의 어머니인 을씨가 동부여에서 죽었다. 우태는 지체하지 않고 모친상을 치르기 위해 동부여로 갔다. 돌아와 얼마 후, 병을 얻어 졸하였다.

소서노에게는 청천벽력이 아닐 수 없었다. 선왕인 아비의 지엄한 반대조차 거부한 채 목숨 걸고 사랑을 나누었던 남편이다. 내정된 왕좌를 내주어도 아깝지 않을 정도로 확신이 있는 사람이었다. 7년이라는 짧은 세월 동안 정만 담뿍 새기고 가 버린 우태의 빈자리가 북풍한설보다 지독하게 심장을 후볐다.

당시 소서노는 우태의 자식을 임신한 상태였다. 4월에 유복녀를 낳았는데 아이(阿爾)라 이름하였다. 그렇게 연타발에 이어 홀본부여의 왕이 되었던 우태가 졸하였을 당시, 장자 비류의 나이는 고작 여섯 살이었다. 다른 선택이 없었다.

같은 해 5월, 소서노가 홀본부여의 여군(왕)이 되었다. 본시 그녀의 자리였으니 이상할 것도, 당황스러운 것도 없었다.

추모를 만나다

소서노는 두 번째 남편 추모보다 8살 연상이었다. 추모를 만날 당시 전 남편인 우태와 사별 후, 비류, 온조 두 아들과 아이라는 딸을 키우고 있었다. 그 와중에도 홀본의 왕으로서 그녀의 책임은 막중했다. 백성들을 잘 다스리는 것 외에도 외교, 국방에 관한 산재한 골칫거리들이 많았다.

동부여국과의 아슬아슬한 줄타기, 범접하는 비류국의 획책, 말갈의 시도 때도 없는 무도한 침탈, 복속되지 않은 여타 홀본 부족들과의 잦은 충돌, 더하여 대국 한나라의 압력까지. 소국의 입장에서 감내해야 할 당면 과제들이었다. 그녀가 여왕으로서 해결해야 할 몫이기도 하였다.

그녀의 두 번째 남편인 추모는 동부여국에서 태어났다. 추모는 휘이며, 고구려를 건국하면서 성씨를 '해' 씨에서 '고' 씨로 바꾸었다. 『삼국사기』「고구려본기」에는 시호를 '동명성왕'이라 하였으나, 「신라본기」에는 '태조 중모왕'이라 기록되어 있다. 제6대 왕인 태조대왕과는 별개다.

아버지는 북부여(北扶餘)의 왕 해모수(解慕漱), 어머니는 하백의 딸 유화(柳花)다.

『삼국사기』「고구려본기」제1장에는 그의 탄생과 성장 과정이 기술되어 있다.

해부루 왕에게는 늙도록 아들이 없었다. 대를 잇기 위해 후사를 원했던 그는, 하늘에 제사하며 기원하였다.

어느 날, 그가 말을 타고 곤연이라는 연못에 이르렀을 때의 일이다. 말이 큰 돌 앞에서 눈물을 흘리고 있는 것이 아닌가.

이를 괴이하게 여긴 왕이 사람들에게 명하여 그 돌을 치우도록 하였다. 그곳에서 발견된 것은 황금빛 개구리 모습을 한 사내아이였다.

해부루는 몹시 기뻐하였다.

"이는 하늘이 나에게 자식을 내리심이라."

그는 아이를 궁으로 데려다가 길렀다. 아이의 이름을 황금빛 개구리라는 뜻의 '금와'라 하고 장성하자 태자로 삼았다.

하루는, 국상 아란불이 해부루에게 아뢰었다.

"일전에 천신이 소신에게 강림하여 이르기를, '장차 나의 자손으로 하여금 이곳에 건국하려 하니 너희는 다른 곳으로 피하라. 동해가에 가섭원이란 곳이 있는데 토양이 기름지고 오곡을 키우기에 알맞아 도읍할 만하다'라고 하였나이다."

해부루는 그 말을 받아들였고, 가섭원으로 도읍을 옮겼다. 이어 국호를 '동부여'라 하였다.

과거 그들이 자리를 잡고 있던 구도에는 자칭 천제의 아들 해모수라는 이가 와서 도읍하였다. 그곳이 '북부여'다.

B.C. 60년, 해부루가 죽고 금와가 왕위를 이었다.(『백제서기』의 B.C. 47년과는 시간의 차이가 있다.)

금와가 태백산 남쪽 우발수라는 곳으로 사냥을 나갔

다가 한 여인을 만났다.

여인에게 내력을 물으니 다음과 같이 대답하였다.

"나는 하백의 딸로, 이름은 유화입니다. 여러 아우와 함께 놀러 나갔다가 한 남자를 만났습니다. 그는 자신을 천제의 아들 해모수라 하며 나를 웅심산 아래 압록수 근처 자신의 집으로 유인하였습니다. 하지만 그는 제 욕심만 채우고는 사라져 돌아오지 않았습니다. 나의 부모님은 내가 혼례하지 않고 몸을 허락하였다고 꾸짖으며 이 우발수에서 귀양살이를 하게 하였습니다."

금와는 이 이상한 여인을 궁으로 데려와 가두었다. 그 때부터 괴이한 일이 계속되었다. 하나의 빛이 유화를 비추는데 몸을 피하는 대로 따라다녔다. 그로 인해 그녀에게 태기가 있더니 닷 되들이만한 큰 알을 낳았다.

금와는 이를 (상서롭지 않게 여겨) 그 알을 개와 돼지에게 주었는데 모두 먹지 않았다. 다시 길바닥에 버렸더니 우마는 피해갔다. 이후 들에 버렸는데 오히려 새가 날개로 품었다. 깨부수려고 했지만 깨어지지도 않았기에 그 어미에게 돌려주었다.

유화가 알을 싸서 따뜻한 곳에 두었더니 한 사내아이가 알의 껍질을 깨고 나왔다.

아이가 다른 아이들에 비해 두드러지게 영특하여 일곱 살에 직접 제 손으로 궁시를 만들어 쏘았다. 백발백중이었다. 부여의 말에 활을 잘 쏘는 이를 '주몽'이라 하였기에 그를 그리 불렀다.

금와에게는 아들 7형제가 있었다. 어려서부터 추모와 함께 어울려 놀았는데 모두 재주가 추모를 따를 수 없었다.

금와의 장자인 대소가 시기하여 고하기를,

"주몽은 사람의 소생이 아니고 그 위인이 용맹하니 만일 서둘러 그를 제거하지 않으면 후환이 있을까 두렵나이다. 청컨대 그를 없애주소서."라고 하였다.

금와는 듣지 않고 대신 추모로 하여금 말을 기르게 하였다.

추모는 말의 성질을 살피어 준마에게는 먹을 것을 적게 주어 여위게 하고, 둔한 말은 잘 먹여 살찌게 하였다. 예상대로 금와는 살찐 말을 자신이 타고, 여윈 말을 추모에게 주었다.

그 후, 벌판에서 사냥 시합이 벌어졌다. 추모는 화살을 적게 받았는데도 잡은 짐승의 수가 매우 많았다.

대소와 여러 신하가 또 그를 죽이려 하므로, 유화가 비밀스럽게 아들에게 말하기를,

"나라에 너를 해하려는 자들이 있으니 어찌하랴. 너의 재주와 지략이라면 어디에 간들 아니되랴. 지체하다가 욕을 당하느니 (차라리) 멀리 가서 뜻한 바 일을 하는 것이 좋겠다." "라고 하였다.

이에 추모는 오이, 마리, 협부 3명과 함께 동부여를 탈출하였다. 하지만 엄사수에 이르니 다리가 없어서 물을 건널 수가 없었다. 뒤를 쫓는 병사들이 올까 하여 강물에 고하기를,

"나는 천제의 아들이요, 하백의 외손이다. 오늘 도망하는 중에 쫓는 병사가 있으니 어찌하겠느냐?"라고 하였다.

이때, 물고기와 자라가 떠올라 삽시간에 다리가 되어 주었다. 추모가 무사히 건너자 물고기와 자라가 곧 흩어지니 뒤쫓는 기병이 건너오지 못하였다.

추모는 모둔곡(毛屯谷)에 이르러 세 사람을 만났다.

추모가 물었다.

"그대들은 어떠한 사람이며 이름이 무엇이냐?"

마의를 입은 이의 이름은 재사요, 장삼을 입은 이는 무골, 수초로 만든 옷을 입은 이는 묵거라 하고 성(姓)을 말하지 않았다.

주몽은 재사에게 극씨, 무골에게는 중실씨, 묵거에게는 소실씨라는 성을 각각 내리며 이렇게 말하였다.

"내가 지금 하늘의 뜻을 받들어 국가를 개창하려 하는데 마침 이 세 현인을 만났으니 어찌 하늘의 뜻이 아니겠는가?"

드디어 그들의 재능을 헤아려 각각 일을 맡기고 대동하여 홀본천에 이르렀다. 그곳의 토양이 기름지고 지형이 험한 것을 보고 도읍으로 정하려고 하였으나 궁실을 지을 겨를이 없었다. 할 수 없이 비류수변에 집을 짓고 그곳에 머물며 살면서 나라 이름을 고구려라 하고 고(高)로써 씨(氏)를 삼았다.

이때 주몽의 나이 22세였으며, 한(漢) 효원제 건소 2년

이요, 신라 시조 혁거세 21년인 갑신년(B.C. 37)이었다. (『삼국사기』「고구려본기」 시조 동명왕조)

이러한 추모의 건국 신화에서는 박혁거세, 김수로와 비슷한 난생 설화에 천신숭배 사상까지 더해져 천손임을 강력히 주장하고 있다. 어머니 유화의 말뿐이었지만, 그 자신 또한 천손이라는 자부심을 갖고 모든 상황에 대처했다.

우리 역사 최초의 왕국인 (고)조선을 건국한 단군(檀君)은, 천신 제석천(帝釋天)이라고도 불리는 환인(桓因)의 아들이 웅녀와 혼인하여 낳은 천손이다. 로마를 건국한 로물루스와 레무스는 군신 마르스의 쌍둥이 아들이다. 잉카 제국은 태양신 인티(Inti)의 아들 망코 카팍과 딸 마마 오클로에 의해 티티카카 호수의 한 섬에서 건국하였다.

이렇듯 세계 역사의 건국 신화는 너나 할 것 없이 하늘, 또는 신의 자손이 건국한 것으로 궤를 같이 한다. 별다른 것 없는 그저 그런 신화라고 볼 수도 있는 점이 바로 그 부분이다. 하지만 이는 초인적인 존재로서의 왕권을 신성화하려는 일반적인 장치일 뿐, 그 외의 인물이나, 관계, 상황, 지명, 건국한 사실 등 모두를 지어낸 이야기라고 보는 것은 옳지 않다.

문제는 앞서 언급한 바 있는 왕충의 『논형(論衡)』에 수록된 부여 시조 동명왕의 건국 신화와 매우 흡사하다는 점이다.

북쪽 오랑캐 탁리국 왕의 시비가 임신을 하였다.

왕이 죽이려 하니, 시비가 말하기를

"달걀만한 크기의 기운이 하늘에서 저에게로 내려와 임신하게 되었습니다"라고 하였다.

시비가 후에 아들을 낳아서 돼지 우리에 던져두었으나 돼지가 입김을 불어 넣었으므로 죽지 않았다. 다시 마굿간에 두어 말이 밟아 죽이도록 하였으나 말이 또한 입김을 불어 넣어 죽지 않았다.

그제야 왕이 하늘의 아들로 여겨 그 어미가 거두어 기르도록 하였다. 이름을 동명이라 하고 소와 말을 기르도록 하였다.

동명이 활을 잘 쏘았기에 왕이 나라를 빼앗길 것을 두

려워하여 죽이려고 하였다.

동명은 남쪽으로 도주하여 엄호수에 이르렀으나 건널 수 없었다.

이때 그가 활로 물을 치니 물고기와 자라가 다리를 만들었다. 동명이 건너자 물고기와 자라가 다리를 풀어 흩어지니 추격하던 병사들이 건널 수 없었다.

부여에 도읍을 정하고 왕이 되었다.

두 개의 건국 신화는 비슷한 정도가 아닌, 누가 누구의 것을 베꼈다 싶을 정도로 흡사하다. 부여의 시조 동명왕이 고구려의 동명성왕과 동일 인물이라는 주장이 나오는 이유다.

『삼국사기』「고구려본기」의 보장왕조에, "보장왕 27년 2월, 고씨가 한 대로부터 나라를 세워 지금 900년이오."라는 기록이 있다. 보장왕 27년이 668년이니, 고구려의 건국 시기를 부여의 건국과 동일시하거나 부여를 고구려가 국명을 바꾸기 전의 전신 정도로 여겨 기록한 것임이 분명하다, 추모왕이 곧 부여의 시조 동명왕이라는 주장과 일맥상통한다.

하지만 우리 역사에서 추모왕에 대한 최초의 기록인 광개토대왕릉비 비문에는, "오래전 시조 추모왕이 나라를 세우셨다. 북(동)부여에서 나셨으며, 천제의 아들이고 (후략)"라 하며 그가 태어난 곳이 북부여라고 기술하고 있다. 부여를 건국한 것이 아닌, 이미 건국되어 있는 부여에서 태어났다는 설명으로 동명왕과 동명성왕 추모를 달리 보고 있다.

고구려 말 연개소문의 장자이자 고구려를 배신한 연남생(淵男生, 634~679)의 묘비명에서도 동명왕과 추모를 확실히 구분 짓고 있다.

"옛날에 동명이 기를 느끼고 사천(虒川)을 넘어 나라를 열었고, 주몽은 해를 품고 패수에 임해 수도를 열어, 위엄이 해 뜨는 곳의 나루에 미치고 세력이 동쪽 지역의 풍속을 제압하였으니…(후략)"

단순히 동명왕의 신화가 후대인 추모왕의 건국 신화에 영향을 끼쳤을 거라는 주장도 있다. 시대적으로도 부여 동명왕이 먼저이고 부여왕의 건국 신화를 기록한 왕충의 시대가, 추모왕을 다룬 『삼국사기』보다 훨씬 우선하니 그 가설에 신빙성이 있다. 가장 일반적인 주장이기도 하다.

여하튼 추모왕은 천제의 아들로 자처했고 후대 고구려인들에게 추앙을 받았다. 북부여 해모수의 아들인데도 동부여 왕 금와 슬하에서 자라다가 금와왕의 아들 대소에게 쫓기어 홀본부여에 이르렀다. 홀본 왕 연타발의 딸 소서노와 혼례를 치른 후, 그녀의 도움으로 홀본에 새 나라를 세우고 고구려 왕이 되었다. 분명한 것은 부여의 동명왕과 고구려의 추모는 시기적으로 다른 인물이라는 점이다.

그 와중에 『백제 왕기』와 『삼국사기』에 소서노에 대한 다른 기록 또한 보인다. 전자에서는 연타발이 우태에게 양위하고 우태 사후, 소서노가 여군, 즉 여왕 자리에 오르지만 오래지 않아 다시 추모에게 양위하는 것으로 기록하였다. 반면 후자에서는 연타발이 죽고 추모가 뒤를 이어 왕위에 오르면서 고구려라 국호를 바꾼 것으로 되어 있다.

유학을 숭앙하고 무신을 업신여기는 등, 자기 대에 문

벌귀족이 되었던 문신 김부식이 바라보는 역사 속 여인들은 사내들을 보필하고 대를 잇게 해주는 존재일 뿐이었다. 어쩌면 우태가 죽고 소서노가 여왕 자리에 오른 B.C. 41년부터 추모가 홀본에 이르러 왕이 된 B.C. 37년까지 3~4년 동안을 소서노가 나이 어린 비류를 대신하여 대리청정한 시기로 보았을 수도 있다. 요약한답시고 그마저도 무시했을 가능성도 있다.

게다가 소서노가 홀본부여의 여군이 되었다고 기록된『백제서기』를 필사한 남당의 또 다른 필사본『고구려사략』에서조차 소서노가 홀본의 왕이 된 내용은 없다.

역사란, 승자의 기록이라 하지 않는가. 씨족의 역사라 할 수 있는 족보에서조차 후세의 자부심을 부추기기 위해 선조의 업적을 과대포장하는 경우가 허다하다. 왕조의 역사 역시 정당성과 우월성의 필요에 의해 채록되었을 것이다. 여러 사서를 교차 검증하여 나름의 객관적인 판단으로 정립해 나가지 않는 한, 필자의 주관에 끌려갈 수도 있다는 소리다.

반대파 숙청

『백제서기』 우대왕 편에는 소서노와 추모의 만남을 그녀와 우태의 그것만큼이나 매우 관능적으로 기술하고 있다. 우태와 사별한 지 1년여 만의 일이다.

『백제서기』의 내용을 풀어서 옮겨보겠다.

B.C. 40년 신사 7월, 추모가 동부여에서 도망하여 홀본으로 왔다.

소서노는 우태의 나라에서 온 추모를 반갑게 맞이하였다. 그를 빈당에 모셔 두고 후하게 대접하였다. 추모는 매일 아침 소서노에게 알현을 신청하여 그녀를 만났다. 어느새 두 사람은 조석으로 목욕도 함께 하며 많은 대화를 나누게 되었다. 그녀는 이미 추모의 젊은이다운 패기에 호감을 느끼기 시작했던 것으로 보인다.

하루는 추모가 달콤한 말로 그녀를 은근히 떠보았다.

"여왕의 나이 이제 스물일곱인데 선왕에 대한 정조를 지키는 것이 가능합니까?"

소서노가 답하였다.

"어찌 감히 정절을 말하리오? 마땅히 남편으로 삼을 만한 자가 없을 뿐이오."

추모는 그제야 그녀의 뜻을 헤아렸다. 죽은 우태를 위해 수절하겠다는 것이 아니라 아직 마음에 드는 임자를 만나지 못했다는 소리였다. 그는 그녀를 어깨에 들쳐 메고 여왕의 침대로 향했다. 감히 여왕에게 행한 그의 행동이 무례할 수 있었지만 그녀 또한 마다하지 않았다. 그렇게 두 사람은 정을 통하였다. 하지만 나라 사람들이 기뻐하지 않을 것을 두려워하여 그 사실을 숨겼다.

10월이 되었다. 동절기는 사냥하기 좋은 계절이었다. 소서노는 추모를 대동하여 사냥을 나갔다. 이때 마침 신록을 잡을 수 있었다.

추모가 말하였다.

"하늘이 장차 우리에게 (진정한) 임금의 지위를 내리실 모양입니다."

소서노가 말하였다.

"지금 내가 그대와 몰래 정을 통하고는 있으나, 나라 안에 알릴 수가 없구료. 어찌하면 좋겠소?"

추모가 말했다.

"신이 활쏘기에 능하니, 왕께서는 마땅히 지아비를 택함에 있어 활 잘 쏘는 자를 선택하겠다 하시는 것이 좋을 것입니다."

소서노가 응하여, 나라 안에 영(令)을 내렸다.

"내 나이 젊어 과부가 되었으나 여자가 혼자 사는 것은 옳지 않다. 활을 잘 쏘는 자를 남편으로 삼을 것이니, 각자 그 기예를 나의 앞에 나와 시험해 보이라."

활쏘기 시합으로 우열을 가리는 것은 예맥족의 관습이기도 하였다. 중신의 자제들을 비롯해 많은 귀족이 너나할 것 없이 이 시합에 출전하기를 청하였다. 말에서 활을 쏘는 기사 시합이 진행되었고 예상대로 추모가 우승자가 되었다.

소서노가 크게 기뻐하며 추모와의 혼인을 선언하였다. 드디어 두 사람은 사당(廟)에서 국혼을 치렀다. 여왕의 국혼을 보기 위해 많은 이가 사당 앞에 모였다.

하지만 그들 모두가 그녀의 혼사를 축하하는 것은 아니었다. 그녀와 추모의 은밀한 관계에 대한 소문이 퍼졌기 때문이다.

얼마 후, 소서노는 시합에서 진 귀족들이 난리를 일으키려고 모의하고 있음을 알게 되었다. 추모는 이때를 기다렸다는 듯 발 빠르게 행동에 나섰다. 협부 등에게 지시하여 그들을 모두 사로잡아오도록 하였던 것이다. 소서노는 잡혀온 사람들을 모두 반역죄로 다스렸다.

소서노에게는 온전한 자신의 사람이 필요했던 시기다. 연타발이 아직 살아 있었지만 이미 왕좌에서 물러난 상왕이었다. 우태가 홀본부여에서 일궈놓은 7년의 세월 동안, 중앙 요직은 그의 사람들로 채워졌다. 우태는 그들로 하여 홀본의 부강을 이루려 하였으나 안타깝게도 갑작스러운 죽음을 맞게 되었다. 이어 왕이 된 소서노는 유복녀를 낳았다. 소서노에게 주어진 왕좌는 이처럼 급박하고 경황이 없었다.

누군가 자신을 도와 홀본을 통솔할 수 있을 만큼 범상치 않은 인물이 필요했다. 그렇게 해서라도 나라를 지켜내지 않는다면 주변 강국들의 외침을 피할 도리가 없었다. 왕으로서의 자질이 부족해서가 아닌, 작은 나라 홀본을 지켜내고 더 나아가 우태의 염원대로 부강한 나라로 거듭나야 했기에 그 일을 해낼 수 있는 인재가 절실히 필요했다.

이때, 자신보다 나이는 젊지만 재주가 뛰어나고 사람을 다루는 데 능한 추모를 만났다. 동부여국을 탈출할 때 충심으로 보필한 오이, 마리, 협부를 비롯해, 우연히 만난 재사, 묵거, 무골이란 인재들까지 단숨에 제 사람으로 만들어 대장처럼 나타날 당시 그의 나이는 고작 22세였다. 게다가 사내다운 강골에 뛰어난 재주, 북부여 왕의 아들이며 천손이라는 주장은 자랑이 되었든, 허세가 되었든 꽤나 매력적이었을 것이다.

기실 우태와 추모, 두 사람 모두 같은 왕궁 내에서 함께 자란 사이였다. 어디에도 명시되어 있지는 않지만 두 사람 사이에 깊은 공감대가 있었으리라고 추정해 볼 수 있다. 미천한 어머니를 둔 서자라는 이유로, 후궁의 아들임에도 왕의 피를 잇지 않았다는 이유로 동부여 왕실로부터 천대를 받았던 두 사람이다. 근친 혼례, 형사취수제가 가능하던 시절이었으니 형제나 진배없는 관계라 하여 소서노가 우태에 이어 추모를 남편 삼은 것이 크게 문제될 사안은 아니다. 남의 나라로 시집 갈 수 없는 소국의 왕재, 이어 여왕이 된 그녀가 취할 수 있는 최선의 방법이 반복되었을 뿐이다.

소서노가 추모와 정을 통한 이후, 바로 그와의 관계를 공개하지 못한 것에는 이유가 있었다. 지방 분권적 경향이 강했던 홀본부여의 토착 세력과 우태의 사람들 때문이다. 그들을 설득할 수 있는 명분이 필요했다. 하지만 우태의 사람들은 그리 녹록한 자들이 아니었다. 추모의 재주가 제아무리 탁월하고 우태에 뒤지지 않는 왕족 혈통이라 해도, 갑작스레 등장한 이 젊은이를 받아들일 생각은 없었다. 여왕의 남편이 될 사람을 정하는 활쏘기 시합에 응했던 것은, 자신들 중 누구라도 그 자리를 차지할 수 있다는 자신감이었을 뿐, 추모라는 복병은 전혀 예상하지 못했던 것이다.

소서노와 모의한 대로 추모가 왕의 배우자가 되었다. 다만 아무리 활쏘기 시합이 당시 인재를 선발하는 방법이었다 하여도, 그는 결코 그들이 원하는 여왕의 배우자가 될 수 없었다. 이에 불복하는 이들끼리 야합하여 난을 일으키려고 한 이유였다. 그들은 나라의 전복을 모의하였다. 제 편 누구도 가능하지 않다면 여왕을 쳐내도 무방하다고 여겼다.

소서노라고 그러한 그들의 반발을 예상치 못하였을까? 그렇지 않다. 그녀는 시합을 통한 선발이든, 낙점이든 추모를 국서(國壻)로 세우는 순간 큰 반발이 있을 것임을 분명히 알았다. 어차피 여왕이 선택한 국서를 받아들이지 않을 무리라면 이후 자신이 어떠한 대사를 추진하더라도 또 다시 반발할 수 있었다. 정당한 절차를 통해 공표하고 이에 불복하는 자들을 솎아낼 수 있는 절호의 기회로 삼았던 것이다.

예상대로 추모는 반대 세력의 반란을 제압할 만한 충

분한 능력이 있었다. 그의 빠른 판단력과 통솔력, 이를 실력으로 행사할 유능한 가신들이 있어 자칫 혼란과 분열로 무너질 수 있었던 홀본의 위기를 막아낼 수 있었다. 어쩌면 홀본부여의 국정을 좌지우지하는 부족장들과 중신들, 추모가 소서노의 남편이 되어 차후 왕이 되기까지 걸림돌이 될 만한 자들을 사전에 제거하기 위한 추모의 큰 그림이었을 수도 있다.

소서노는 이 사건을 통해 추모가 단순한 남편이 아닌, 자신의 시대를 안전하게 지배할 수 있게 도와줄 든든한 조력자이자, 실력자라는 것을 인정하게 되었다. 그가 하는 말이라면 그 어떠한 말도 신뢰할 수 있었다. 다만, 소서노가 간과한 것이 있었다. 추모 또한 천제의 아들이라 자처할 정도로 자신감에 차 있는 인물이라는 점이다. 여왕의 남편 자리, 국서(國壻)로 만족하기엔 야망이 지나치게 크다는 의미였다.

추모는 동부여에서 군계일학 격인 재주를 시기한 태자 대소로 인해 목숨을 잃을 뻔했다. 따가운 눈총에 더해 서슬 퍼런 칼날이 늘 그의 목을 노리는 전쟁 같은 상황에서도 꾀를 부려 버텨낸 바 있었다.

그래도 동부여는 살이 나고 뼈가 자란 그의 고향이었다. 단 하나뿐인 혈육이자 방패막이였던 어머니와 고향을 등지고 탈출할 수밖에 없었던 이유가, 그저 목숨을 부지하려는 것뿐이었을까? 아마도 금와의 총애를 받는 어머니 유화의 간곡한 부탁 때문이었으리라.

"살기 위해 피하라.", "가서 네가 뜻한 바를 이루라."라고 하면서 밑절미가 되어줄 오곡 씨앗 주머니를 그의 손에 꼭 쥐어주며 당부한 말이 또 따로 있었을 것이다.

"너의 아비는 천제의 아들 해모수다. 허나 그는 나를 유혹하여 사심만 채웠을 뿐, 나를 버린 사람이니라. 다만 왕(금와)께서는 나를 거두고 너를 낳게 하셨으니 나의 은인이자, 너의 아비가 아니고 무엇이겠느냐? 그의 아들을 노하게 하여 왕의 근심을 사지 말아야 할 것이다. 네 재주가 뛰어나니 이곳이 아니더라도 어디서든 큰일을 도모할 수 있으리라."

동부여에서 대소에 맞서 싸우지 않고 제 야망을 감춘 채 숨죽여 살았던 이유도, 그로 인해 목숨을 부지할 수 있었던 것도 모두 유화의 당부 때문이었다.

그러나 운명은 그를 첩의 아들로 굽어 살게 하지 않았다. 동부여국을 탈출한 뒤, 홀본부여 국서의 자리에까지 오르니 마음속에 품고 있던 본인의 야망이 스멀스멀 비어져 나오기 시작했던 것이다.

홀본을 선양하다

국서가 되는 과정에 반대 세력을 제압한 추모였지만 일부에 지나지 않았다. 홀본은 아직도 그의 적들로 가득했다.

『백제서기』 우대왕 편에는 그의 왕권을 향한 노골적인 행보가 상세히 드러나 있다. 이야기식으로 꾸며보았다.

살벌하게 몰아붙이던 북풍이 돌아서고, 겨울을 난 앙상한 나뭇가지에 새순이 돋기 시작하는 따사로운 봄날이었다.

평화롭기만 한 비류수를 따라 두 남녀가 천천히 거닐고 있었다. 단아하고 아리따운 여인은 소서노였고, 그보다 젊어 보이기는 하나 너볏하고 체신이 큰 사내는 얼마

전 그의 낭군이 된 추모였다.

작은 놋쇠 방울처럼 지저귀는 새소리, 잔잔히 흐르는 물소리에 귀 기울이고 있는 듯 소서노는 한참 동안 말이 없었다. 추모는 그녀의 사색을 방해하지 않기 위해 한 발 물러나 조용히 따랐다.

기실 그녀의 마음속에는 많은 생각이 갈마들고 있었다.

아직 어린 두 아들을 키워야 하는 어미로서, 백성들을 평안하게 살펴야 할 군주로서, 외세의 침략으로부터 나라를 굳건히 지켜내야 할 지도자로서 그녀에게 주어진 책무는 그 어느 때보다 막중했다. 그 와중에 그 큰일을 함께 해나갈 수 있는 훌륭한 배필을 만난 것을 다행으로 생각하고 있었다. 하지만 무엇일까? 그녀의 심장을 옥죄는 불안감이 어디에서 비롯되었는지 알 길이 없어 계속 신경 쓰이던 참이었다.

문득 수면을 차고 오르는 황조롱이 한 마리가 눈에 들어왔다. 매의 발톱 끝에 매달린 물고기의 버둥거림을 본 소서노의 가슴 한복판에 저릿한 통증이 스쳤다.

"어찌 그러십니까?"

추모가 걱정스레 그녀의 어깨를 잡았다. 소서노가 발걸음을 다시 옮기며 말했다.

"지난번 모반 사건은 그대 덕에 잘 마무리되었소. 하지만 왠지 앞으로 우리가 가야 할 길이 쉽지만은 않을 것 같구료."

"근심치 마소서. 이 추모가 곁에 있지 않습니까?"

추모는 소서노를 안심시키기 위해 다정하게 등을 토닥여주었다. 그제야 그녀도 시름이 놓이는 듯, 긴 한숨을 내쉬었다.

"어떠한 험난한 일이 생기더라도 혼신을 다해 폐하를 지키겠노라 맹세한 사람입니다. 저를 믿으십시오."

"고맙소."

"하여, 여왕께 청이 하나 있나이다."

"무엇이오?"

"신이 국서가 되었음에도 나라 사람들 중에 복종하지 않는 자가 많습니다."

"그거야 차차 나아지지 않겠소."

"이는 내가 나라에 공이 없기 때문입니다. 나는 정병을 양성하여 이웃의 오만무례한 자들을 공격할까 합니다. 공을 세운다면 달라지지 않겠습니까?"

소서노는 깜짝 놀랐다. 그렇지 않아도 강 상류의 비류국 군사들이 국경을 자주 침범하여 백성들과 충돌이 잦았다. 홀본만 해도 아직 복속시키지 못한 부락들이 남아 있었다. 누군가 대신하여 이 일을 처리해 준다면 그보다 반가운 일이 없었다. 그러나 나라의 군사가 있는데 따로 정병을 양성하다니, 그것도 국서의 입장으로 정치 일선에 직접 나서는 것은 온당치 않은 일이었다.

"나를 믿지 못하시는 겁니까?"

추모는 재차 청하였다.

그에 소서노는 씁쓸한 미소를 지어 보이며 고개를 끄덕였다. 이미 그녀에게 불복하여 난을 도모하려던 무리를 물리친 그가 아니던가. 그는 이미 국서로서의 선을 넘은 상태였다.

"내가 비록 이 나라 군주이기는 하나 그대의 처. 마땅히 그 뜻에 따르겠소."

추모는 소서노의 허락이 떨어지기가 무섭게 협부를 불렀다. 그로 하여금 민간의 장정들을 모집하도록 하였다. 홀본의 세 성씨인 을씨, 흘씨, 해씨가 다스리는 부곡(部曲)에 정병들을 관리하기 위한 관청을 나누어 세우고 협부의 심복들 통솔하에 활쏘기와 승마를 가르쳤다. 나이 어리어 소서노의 지시에 따라 잘 보필해줄 거라고만 여겼던 추모가, 오히려 그녀를 부추겨 자신의 휘하에 우수하고 강한 사내들로 군사를 키우게 된 것이다.

그렇게 우태의 사람들이 쓸려나간 자리, 이제는 연타발의 제신으로 소서노를 모시던 사람들까지 하나둘 밀려나면서 추모의 사람들로 채워지기 시작했다. 자신이 선택하여 추모를 남편으로 삼은 소서노였지만, 점점 그의 세력이 커지자 심한 불편함과 위협을 느꼈다.

우태 때와는 달랐다. 우태에게 양위한 것은 연타발이었다. 금와가 소서노와 우태의 혼인을 허락하는 대신 내건 조건이었다. 지금은 이미 그녀가 우태에 이어 왕이 되었다. 추모는 홀본을 지키기 위해 필요한 사람으로, 여왕인 자신을 보필하는 국서로서 남아야 옳았다.

문득 물고기를 악쥐고 하늘 높이 떠오르던 황조롱이의 의기양양한 모습이 추모의 모습과 중첩되어 떠올랐다. 더 이상 추모의 위세가 커지는 것을 막기 위해서라도 그의 심복들을 잘라내야 했다.

그런데 덜컥, 그와의 사이에 자식을 잉태하고 말았다. B.C. 38년 계미 2월, 소서노는 주몽의 딸 감아(甘兒)를 낳았다. 아이 공주에 이은 두 번째 딸이었고, 주몽과의 사이에 낳은 첫 번째 자식이었다.

첫 남편 우태의 사망, 첫째 공주인 아이 출산, 왕이 되어 추모와 혼례, 대대적인 중신들의 물갈이, 둘째 공주의 출산까지 4년도 채 되지 않은 시간 동안 소서노는, 일신상에 많은 일을 겪으면서 지쳐있었다. 그 와중에도 추모의 위세는 점점 커져만 갔다. 복속되지 않았던 홀본의 나머지 부락까지 모두 평정하여 온 나라에 위명을 떨쳤다.

그녀는 홀본과 자신의 자식들을 지키기 위해서라도 추모와의 전쟁을 피할 수밖에 없었다. 백성들을 둘로 나누어 서로에게 칼을 겨누게 하는 것은 결코 옳지 않았다. 나를 지켜줄 수 있다고 여겼던 이가, 나에게 가장 위협적인 존재로 성장했음을 결국 깨달았던 것이다.

그 와중에 연타발마저 죽었다. 늙고 병들었지만, 홀본부여 토착 세력들의 절대적인 지지를 받던 그였다. 그렇게 그녀를 지켜줄 수 있는 가장 큰 영향력, 방패막이이자 지지 세력이 사라진 셈이다.

결국 그녀는 큰 결심을 하게 되었다.

밤이 이슥해질 무렵, 그녀는 침실이 아닌, 편전으로 추모를 불렀다. 음산할 정도로 짙은 그림자가 드리워진 왕좌 위에 소서노가 앉아 있었다. 일상복이 아닌, 대관식 때나 입는 황금관에 황금 비단 예복 차림이었다.

추모는 어리둥절한 표정으로 그녀를 올려다보았다.

"왕이시여, 무슨 일이십니까?"

잠시 후 그녀는 그의 앞으로 내려와 섰다.

그녀는 담담한 어조로 말했다.

"나는 여인인 까닭에 임금으로서의 책무를 다할 수가 없구료. 다만 어미로서 자식을 키우고 나라의 안 살림을 책임지는 것이 옳을 것이오. 천하의 일은 낭군께서 주재하는 것이 마땅하오."

그리 양위의 뜻을 밝힌 그녀는 봉황이 아로새겨진 황금 관을 벗어 그의 머리 위에 얹어주었다. 추모는 전혀 예상치 못했다는 듯 당황한 기색이 역력했지만 거절하지는 않았다. 오히려 그녀의 행동을 기쁘게 받아들였다.

"그대는 나의 진실한 아내요. 내 어찌 그대의 뜻을 받아들이지 않을 수 있겠소."

이어 철저하게 남은 부담감마저 털어내고자 하였다.

"여왕의 옛 신하들이 복종하지 아니하니 어찌하면 좋겠소?"

우태의 사람들을 모두 내쫓은 후 자신의 사람들로 채워놓고도 여전히 홀본의 토착 세력이 남아 있었기에 입지를 불안해한다는 의미였다.

소서노가 말했다.

"낭군이 나를 처로 삼고 나의 아들을 태자로 삼는다면 나의 신하들이 어찌 복종하지 않을 도리가 있겠소?"

소서노가 왕좌를 양위하는 대신으로 내민 조건은 자신과 자식들의 미래를 보장하라는 것뿐이었다. 역시나 추모는 이를 흔쾌히 받아들였다.

B.C. 37년, 드디어 소서노가 중신들 앞에서 양위를 선언하였다. 뜻밖의 상황에 모두가 놀라지 않을 수 없었다. 하지만 추모를 두려워했기에 누구도 반발하지 못했다.

사호(四豪)와 삼현(三賢)은 한술 더 떠 추모에게 왕위에 오르기를 청하였다. 여기서 사호, 즉 네 명의 호걸은 그의 동부여국 탈출을 도와 그동안 함께 일을 도모하였던 오이, 마리, 협부에 더해 장수 부분노였다. 또한 세 명의 현인인 삼현은 홀본으로 향하던 길에 만나 성씨를 내리고 중용하였던 재사, 무골, 묵거였다. 추모의 최측근들이자 그가 왕위에 오르는 데 큰 공을 세운 일등 공신들이었다.

다만 천자가 되는 것은 추모가 스스로 고사하여 이루어지지 않았다. 아직 때가 아니라 여겼다. 비류곡(沸流谷) 서성산(西城山)에서 즉위식을 치렀다.

그녀의 자리를 밀어내고 앉은 두 남자를 차례로 바라보게 된 소서노의 심중에 여러 마음이 번갈아 들었다. 아쉬움, 헛헛함, 일말의 패배감, 이에 반한 안도의 한숨도 있었다. 우태도 그러하였지만 추모 또한 왕재로서 모자람이 전혀 없는 사람이었다. 나라의 평화, 백성들의 안위가 우선이었다. 그리하자면 국력을 키우는 것이 우선이었다. 추모라면 충분히 가능하리라.

추모는 약속대로 소서노를 왕후로 책봉하였다. 비류는 태자로, 온조는 그의 왕자로 받아들여졌다. 추모는 남은 홀본의 토착 가문 여식들을 제 신하들과 차례로 혼인시켰다. 홀본 내의 분열을 막기 위한 최선의 방책이었다.

드디어 그는 나라 이름을 고구려라 하고 연호를 동명으로 하였다. 우리 고대사에서 가장 큰 영토와 두려운 존재로 위명을 떨치던 나라, 멸망하는 순간까지 결코 어느 나라에도 굴복한 적 없는 대 고구려의 시작이었다.

급변하는 한나라 정세

고구려 건국을 기점으로 주변 정세를 논할 때 있어 중원의 대국인 한나라와 신생국인 서라벌을 들지 않을 수 없다.

당시 중국은 한 고조(高祖) 유방(劉邦)이 항우(項羽)를 제치고 진(秦)에 이어 중국을 두 번째로 통일한 한(漢, 전한)왕조 시대였다. 수도는 장안(長安)으로, 지금의 산서성(陝西省)의 성도인 서안(西安)이다. 중국 역사상 경제, 문화, 국방, 외교 등 전 분야에 걸쳐 가장 찬란한 꽃을 피우던 시기이기도 하다. 지금의 한자, 한족 등 중국을 대표하는 것들이 이 나라의 이름을 땄다.

전한 최고의 전성기였던 한 무제(漢武帝, B.C. 159 ~

B.C. 87) 때 정치가이자 유학자, 춘추공양학(春秋公羊學)의 대학자인 동중서(董仲舒, B.C. 179 ~ B.C. 104)의 건의로 유교가 국교화되었다. 특히 경전의 문자나 어구를 해석하는 데 주력하는 훈고학(訓詁學)이 발달하였다.

상고의 황제로부터 전한의 무제에 이르는 2천여 년에 걸친 통사(通史)인 사마천(司馬遷 B.C. 145 ~ B.C. 86)의 〈사기(史記)〉와 같이 역사적으로도 길이 남을 작품이 탄생한 것도 이 한나라 때다.

그 외에도 유목 국가인 월지(月氏), 오손(烏孫)과 연합하여 흉노(匈奴)를 견제하기 위해 파견되었던 장건(張騫, ? ~ B.C. 114)에 의해 비단길(Silk Road)이 개척되었다. 이로 인해 서역과의 무역이 활성화되고 교류를 통한 경제, 문화의 발전 또한 비약적으로 이루어졌다. 베트남, 중앙아시아로 진출하여 방대한 영토를 확장, 동아시아 최강대국으로 자리 잡은 것 또한 대국 한의 위력이었다.

다만 고구려 건국 연대인 B.C. 37년은 그러한 (전)한의 말기였다. 후한의 역사가 반표(班彪, 3 ~ 54)로부터 "우유부단하여 선제의 업적이 쇠약해졌다"라고 평가받을 정도로 나약했던 한나라 제11대 고종 효원황제 유석(高宗 孝元皇帝 劉奭, B.C. 76 ~ B.C. 33)의 시대였다. 아무리 부를 축적하고 영토가 방대한 국가라 할지라도 지도자가 무능하거나 환관, 외척이 설쳐 망조가 들면 무너질 수밖에 없는 것이 국가 멸망의 기본 이치라는 대표적 사례이기도 하다.

효원황제 즉, 원제는, 선친인 선제(宣帝, B.C. 91 ~ B.C. 48)와 공애 황후 사이의 장남으로 태어났다. 재능과 기예가 많았고 사서(史書)에 밝았다. 나름 유학을 기반으로 한 경제 개혁에 힘을 쏟기도 하였다. 세금 경감, 형법 개정, 대규모 연회의 금지를 실행하는가 하면, 제사 경비를 삭감하고, 수렵용 별장 및 황실 소유지의 경비를 억제하는 등의 공격적인 경제 개혁이 바로 그것이다.

하지만 그의 개혁은 시대의 흐름에 맞지 않는 무리한 정책이었다. 또한 국가에서 물건을 독점하여 판매하는 전매제 폐지로 인해 재정이 크게 악화되었다. 결국 왕권으로 규제하려던 개혁 정책은 실패하고 백성들의 세금과 부역만 가중되는 결과를 초래하였다.

정치·외교 면에서도 많은 퇴행이 있었다. 장건에 의한 서역 진출과 15만 대군을 일으켜 흉노를 침공하는 등 전성기를 구가하였던 선제 때와는 정반대의 길을 걸었다. 병약했던 탓에 환관인 홍공(弘恭), 석현(石顯)에게 정치를 맡겼고, 외척인 왕씨 가문의 세도에 놀아나면서 부패가 극에 달했다.

그로 인한 왕권 약화는 주색에 빠진 성제와 동성애에 빠져 국사를 등한시한 애제, 어린 나이에 등극한 평제 대까지 이어졌다. 결국 외척 세력이었던 대사마 왕망(王莽. B.C. 45 ~ A.D. 23)에 의해 평제가 독살당하면서 A.D. 8년, 한나라가 멸망하였다.

이후, 왕망은 국호를 신(新)으로 바꾸었다. 권모술수에 능했던 그는 '모름지기 왕은 덕망 있는 이가 되어야 하며 이는 천제가 인정한 것'이라는 주장을 펼치며 자신의 권력 찬탈을 '선양 혁명'이란 이름으로 정당화하였다. 또한 미신을 교묘히 이용하여 천하의 정치적 혼란과 왕조 교체를 예언한 '참위설'을 퍼트려 백성들의 눈과 귀를 현혹하려고 하였다.

주나라의 정전법(井田法)을 모방한 토지 개혁과 가난한 농민들에게 싼 이자로 융자해주는 사대제도(賖貸制度), 노비 매매 금지, 화폐 개혁 등 백성들의 환심을 사기 위한 여러 정책을 추진하기도 하였다. 하지만 이 또한 현실성이 부족한 정책들이라 평가되며 오히려 경제를 파탄 내고 양민들을 곤궁에 빠뜨리고 말았다.

A.D. 12년, 왕망은 흉노를 정벌하기 위해 고구려 군사의 출정을 요구했다. 유리왕은 이를 거부하는 대신, 오히려 한(漢)나라를 공격하였다. 왕망은 유리왕을 '하구려후(下句麗侯)'라고 낮추어 부르는가 하면, 흉노, 선비족 왕 또한 비하하여 외교적 반발을 샀다. 그로 인한 충돌이 불가피했다.

A.D. 14년, 고구려 유리왕이 오이, 마리를 보내어 군사 2만으로 요동군과 인접한 소국인 양맥(梁貊)을 쳤고 고구려현을 빼앗는 데 성공하였다. 한으로써는 고구려와의 관계에 있어 전략적으로 중요한 거점을 빼앗긴 셈이었다. 그때부터 왕망의 추락은 걷잡을 수 없게 되었다.

A.D. 18년, 눈썹을 붉게 물들인 것을 표식 삼았다 하

여 이름 붙여진 '적미(赤眉)의 난(亂)'을 비롯하여 농민들의 반란이 잇따랐다.

그예 왕망은 곤양(昆陽) 전투에서의 패배 이후, 각지에서 군웅이 할거하자 신하였던 두오(杜吳)에게 살해당하였다. 결국 왕망의 신나라는 건국 15년 만에 역사의 굴레 속으로 사라지고 말았다.

이후 곤양 전투의 승자였던 유현(劉玄, 회양왕 ? ~ 25)이 잠시 황위에 올랐으나, 그 또한 살해당하고, 한나라 황실의 방계 혈통이었던 난양(南陽)의 호족 유수에 의해 한이 재건되었다.

이 유수가 바로 중국 역사상 가장 위대한 황제 중 하나로 꼽히는 광무제(漢 世祖 光武皇帝 劉秀, B.C. 6년 ~ A.D. 57년)다.

왕망의 신나라를 기준으로 이전의 한을 전한, 이후를 후한이라 부른다.

후한이 건국된 A.D. 25년은 신라 제2대 왕인 남해 차차웅(南解次次雄) 20년, 고구려 제3대왕인 대무신왕(大武神王) 6년, 백제 온조왕(溫祚王) 41년이다.

남방의 신생국 서라벌

당시 한나라 외에도 고구려 주변에 많은 종족, 많은 국가가 자리 잡고 있었다. 북방에는 여러 부여계 국가를 비롯해 흉노, 말갈, 선비 등의 기마 유목, 또는 반농반목하는 외세가 끊임없이 세력 싸움을 하고 있었다. 남방인 한반도에도 옥저, 동예, 낙랑를 비롯해 여러 부족의 연맹 국가인 마한, 진한, 변한이 있었다.

대부분의 남방의 나라에서는 일찌감치 철기가 유입되어 기존의 청동기와 함께 무기, 농기구 등으로 사용되었다. 연합한 부족장들의 합의에 의해 왕을 뽑고 국정을 논하는 등 국가의 모양새를 갖춰가는 상황이었다.

특히 낙동강의 동쪽에 있는 진한의 12개 소국 중 하나인 사로국(斯盧國)이, 시조 박혁거세(朴赫居世 B.C. 69 ~ A.D. 4)에 의해 B.C. 57년 서라벌(徐羅伐)이라 이름을 바꾸고 개국한 상태였다. 서라벌은 후대에 고구려, 백제와 어깨를 나란히 하며 삼국시대를 열게 되는 신라(新羅)의 옛 이름이다. 고구려보다 20년 앞서 건국된 셈이다.

국호를 신라로 확정한 것은 503년 지증왕 4년이다. 여기서 '신'은 덕업이 날로 새롭다, '라'는 사방을 망라한다는 뜻이다. 이후 거서간, 차차웅, 이사금, 마립간이라는 존호 대신 '국왕'이라 불리게 된다.

서라벌의 건국 신화 또한 고구려와 같이 난생 설화의 특징을 보여준다.

『삼국사기』「신라본기」의 첫 장에 박혁거세의 건국 신화가 기술되어 있다.

시작은 (고)조선의 유민들이 내려와 산곡간에 여섯 촌락으로 나뉘어 살면서부터다.

진한의 6부라고도 불리는 여섯 촌락이란, 알천의 양산촌, 돌산의 고허촌, 취산의 진지촌, 무산의 대수촌, 금사의 가리촌, 명활산의 고야촌을 이른다.

그중 고허촌장인 소벌공이 하루는, 양산 밑의 나정 곁에 있는 숲 사이에서 기이한 광경을 보게 되었다. 말이 무릎을 꿇고 울고 있는 것이 아닌가. 그가 다가가니 말은 온데간데없이 사라지고 큰 알 하나만 남아 있었다.

그 알을 깨어본즉, 한 어린아이가 나왔다.

소벌공은 이 아이를 데려다가 키우기 시작했다. 6부 사람들은 아이의 출생이 신이하였던 까닭에 높이 받들었다. 아이는 10여 세가 되어 유달리 숙성하였다.

전한 효선제 오봉 원년 갑자 4월 병진(혹은 정월 15일), 당시 13세의 나이에 6부의 추대로 즉위하여 왕호를 거서간이라 하였다.

이때 성을 '박'이라 하였는데 큰 알이 박과 같다 하여 지어졌음이다.(『삼국사기』「신라본기」 시조 혁거세거서간 조)

거서간 혁거세의 왕후가 되는 알영 또한 상서로운 신화의 주인공이다. 용의 오른쪽 갈빗대에서 태어났으니 이때가 박혁거세 재위 5년 정월이다.

늙은 할멈이 그 여자아이를 데려다가 키웠다. 아이

가 태어난 우물 이름을 따 '알영'이라 불렀다. 그녀가 자라 덕기가 있다는 소문이 돌았고, 거서간이 이를 맞아 비로 삼았다. 과연 그녀의 행실이 어질고 내보를 잘하였기에 사람들은 거서간과 비를 두 명의 성인, 즉 이성(二聖)이라 불렀다. (『삼국사기』「신라본기」 시조 혁거세거서간조)

두 내외의 무덤은 현재 경주 오릉(五陵)에, 이후 2대, 3대, 4대 왕의 무덤과 함께 묻혀 있다고 알려져 있다. 반면, 『삼국유사』의 기록은 오릉의 역사를 달리 기술하고 있다. 61세에 졸한 혁거세의 유체가 하늘로 떠올랐다가 5개로 나뉘어 떨어졌다. 이를 합장하려 하니 뱀이 나타나 방해하였다. 할 수 없이 5조각의 시신을 각기 따로 릉에 모셨다. 오릉이 '사릉(蛇陵)'이라고도 불리는 이유다. 즉, 『삼국유사』의 내용을 토대로 본다면 5개의 릉 모두가 박혁거세의 무덤이라는 의미다. 비석이 남아 있지 않아 확신할 수는 없지만 능에 얽힌 이야기마저 신이하다.

이처럼 왕에 더해 왕후의 신화, 무덤에 이르기까지 신비하게 포장된 서라벌의 왕 박혁거세에 대한 『삼국사기』의 평가는 말 그대로 '성군'이다. 주변국으로 하여금 스스로 항복해 오게 하고 백성들에게 농상을 장려하여 토지 생산을 마음껏 하도록 하는 등 덕이 있는 임금으로 기록되어 있다.

"재위 8년 왜인이 군사를 이끌고 와서 변방을 침범하려 하다가, 시조의 신덕이 있음을 듣고 물러갔다."라는 기록을 시작으로 19년 정월에 변한이 나라를 들어 항복하였다는 등 주변국들이 알아서 엎드리는 기이한 일이 이후에도 이어졌다.

38년 2월에 호공(서라벌의 재상)을 마한에 보내어 예방하니 마한왕이 호공을 꾸짖어 말하기를,

"진, 변, 이한은 우리의 속국인데 근년에 직공을 보내지 아니하니 대국을 섬기는 예가 이 같을 수가 있겠느냐"라고 하였다.

호공이 대답하기를,

"우리나라는 이성이 일어나심으로부터 인사가 바로잡히고 천시가 고르고 창름(곳간)이 충실하고 인민이 경양하여 진한 유민으로부터 변한, 낙랑, 왜인에 이르기까지 두려워하지 아니함이 없습니다. 그럼에도 우리 임금은

겸손하여 하신을 보내어 인사를 닦으니 이는 예에 지나친다고 할 수 있을 것입니다. 그런데 대왕께서 도리어 진노하여 힘으로써 협박하니 무슨 뜻입니까?"라고 하였다.

다음 해에 마한왕이 졸하였다. 어느 하나가 임금에게 아뢰었다.

"서한(마한의 별칭) 왕이 전에 우리 사신을 욕보인 일이 있으니, 국상을 당한 지금 그들을 친다면 애써 평정할 것도 없을 것이옵니다."

이를 두고 왕이 가로되,

"남의 불행을 다행히 여기는 것은 어질지 못한 일이다."라 하여 좇지 아니하고 이에 사신을 보내어 조위하였다.

53년 동옥저의 사자가 와서 좋은 말 20필을 바치며 아뢰었다.

"우리 임금이 남한에 성인이 나심을 듣고 신을 보내어 드리는 것이옵니다."

이 기록들에 따르면 싸워서 이긴 것이 아닌, 인(仁)으로써 주변국들을 복속시키고 포용하였다는 얘기다. 싸워서 이기는 것은 차선이오, 싸우지 않고 이기는 것이 제일이라 하였으니 후자에 해당하는 대단한 인물이 아닐 수 없다.

다만 신채호가 『조선상고사』에 기술해 놓은 것처럼, 서라벌은 당시 경주의 한구석에 자리 잡은 여러 나라 가운데 작은 나라이며 6부 3성(박, 석, 김) 중, 박 씨를 거서간으로 세워 그제야 국사를 일으켰다. 나아가 전쟁을 치른 것이 아닌, 그의 사람됨에 감화되어 왜인이 침범했다가 스스로 돌아가고, 변한이 나라를 들어 항복해 오며 동옥저가 좋은 말 20필을 바치는 등의 일은 다소 과장된 이야기로 보인다.

인접해 있는 변한의 연맹체 중 하나가 복속되었을 수는 있겠다. 나라 간에 축하의 의미로 선물을 주고받는 일은 허다하다. 선물과 함께 덕담을 건네는 것은 외교의 기본이다. 교차 검증할 만한 다른 사료를 찾지 못하니 남은 기록만이 역사라고 말할 수밖에 없으므로, 부정이라기보다 의심해볼 여지가 있다는 소리다.

여하튼 당시 서라벌은 고구려보다 20년 앞서 건국되

어 기틀을 마련하기 시작했다. 아직은 기존 부여나 신생국 고구려와 상쟁할 만한 상황이 아니었다. 그럼에도 주시해야 하는 이유는 따로 있다. 국초 고구려, 백제에 밀리는 경향은 있었으나 무수한 전쟁을 거듭하면서 성장하더니, 급기야 당나라의 손을 빌리기는 하였으되, 고대 삼국을 통일하며 천 년의 유구한 역사를 잇게 되는 나라이기 때문이다.

고구려는 이 같이 급변하는 국제 정세 속에 태어나, 이외에도 수시로 침탈해오는 말갈, 선비, 거란, 돌궐 등 한반도 북방을 위협하는 종족들과의 잦은 전쟁을 통해 강해질 수 있었다. 이후에 건국되는 백제 또한 그러한 고구려와 서라벌, 중국, 왜와의 관계를 통해 성장해 나가게 된다.

말갈과의 역사적 관계

홀본의 국경은 말갈부락과 연접했다. 삼국이 건국되던 초기, 나라마다 가장 심기가 불편했던 것이 말갈의 빈번한 침탈이라 해도 과언이 아니다.

말갈은 만주 동부 지역과 연해주 일부, 한반도 북부 일대에 거주했던 기마종족이다. 계통상 현재의 만주족으로 이어지는 퉁구스 계통으로 추정된다.

숙신(肅愼), 읍루, 물길이라고도 불렸는데 특히 우리 고대사에 말갈이라는 이름으로 자주 등장하였다. 정착해 농업을 주로 하는 민족이 아닌, 약탈 민족의 특성상 수시로 주변국을 침탈했기에 싸움이 잦았다. 신앙은 샤머니즘이고, 초기에는 부족국가였기에 딱히 수도가 존재하지 않았다.

결국 광개토대왕 대에 고구려에 복속되었고, 이후 598년 영양왕이 수나라 병참기지인 요서의 영주를 침공할 당시, 말갈의 1만 군사를 직접 지휘하여 수나라를 침공했다는 기록이 있을 정도로 고구려와는 매우 가까운 종족이기도 하다. 대조영(大祚榮, ?~719)이 고구려가 멸망한 후, 고구려 유민과 말갈족을 이끌고 발해를 세웠다는 것은 잘 알려진 사실이다.

말갈 7부 중에서 흑수말갈(黑水靺鞨)은 발해에 합류하지 않았던 부족 중의 하나다. 흑수말갈이 당에 보호를 청했다가 대로한 발해의 제2대 무왕(武王, ? ~ 737)에 의해 무참히 짓밟혔고 다시는 당에 합세하지 않겠다는 항복 다짐까지 해야 했다.

고려 때 '여진족'이라 불리며 위협하던 종족이 바로 이 흑수말갈이다. 이들은 12세기에 금나라와 동진국을 세운다. 또한 16세기 말이 되어 건주여진의 추장이었던 태조 누르하치를 중심으로 다시 통합되어 1616년 후금을 건국한다. 이들을 다시 만주족이라 불렀으며 1636년 태종 대에 국호를 바꾸는데 이 나라가 바로 중국의 마지막 왕조인 청(淸)나라다.

우리 역사와 깊이 관련되어 있는 말갈의 대략적인 역사가 이러하다.

북송의 기전체 정사인 『신당서(新唐書)』 흑수말갈 조에 그들에 대한 습속이 기록으로 남아 있다.

말갈은 거세고 보병전에 강하여 늘 다른 부족에게 위협적인 존재였다. 머리를 땋아 멧돼지의 어금니를 매달고, 꿩의 꼬리깃으로 관을 꾸며서 다른 여러 부족과 구별되는 풍속이 있었다.

성질이 잔인하고 사나우며, 수렵을 잘했다. 걱정하고 두려워하는 것이 없고 젊은이를 존대하며 늙은 자는 천시했다. 거처하는 집이 없고 산수에 의지하여 움을 파서 그 위에 나무를 걸치고 흙을 덮는데, 마치 무덤과 같았다. 여름에는 수초를 따라 생활하며, 겨울에만 움 안에서 살았다. 오줌으로 세수를 하니, 이적(夷狄) 중에서 가장 지저분했다. 죽은 자를 묻을 적에는 관곽(棺槨)이 없고, 그가 타던 말을 잡아 제사했다. 추장을 '대막불만단(大莫拂

瞞瑞)'이라 하고, 대대로 부자가 세습하여 추장이 되었다.

『삼국사기』를 비롯하여 『고구려사략』 등 여러 문헌에서는 추모와 온조가 각각의 나라를 건국하여 가장 먼저 한 일 중 하나로, 끊임없이 침탈하는 말갈과의 전투를 들었다.

『삼국사기』「고구려본기」에는 "그 지경이 말갈부락과 연접하였으므로 침구의 해를 입을까 염려하여 드디어 이를 쳐 물리치니, 말갈이 외복하여 감히 침범치 못하였다."라는 기록이 있다.

『고구려사략』에서는 이때를 추모왕 원년 3월이라 시기를 적시하며, 이 전투에 왕이 친정하여 적 천 명의 머리를 베었다고 기록하고 있다.

온조왕 2년 정월에도 왕이 신하에게 말갈에 대한 방어를 명한다.

"말갈은 우리 북경에 연접하여 있고, 인성이 용감하고 다사하니 마땅히 병기를 수선하고 양곡을 저축하여 방수할 계획을 세워야 할 것이다."(『삼국사기』「백제본기」)

온조왕 3년 9월, 말갈이 북경을 침범하므로, 왕이 강병을 거느리고 급히 쳐서 이를 대파하였는데 적의 생환한 자가 열에 한둘뿐이었다. (『삼국사기』「백제본기」)

이처럼 우리 고대사에 많은 기록으로 남아 있는 말갈이니만큼 당시의 역사를 기술하는 데 빼놓을 수 없는 부분임에 틀림없다.

부용하라는 비류국 송양

고구려의 건국 초기에 말갈 다음으로 골치 아픈 상대는 비류수 상류의 작은 나라 비류국이었다. 『삼국사기』와 『고구려사략』에는 추모가 비류국을 복속시키는 과정이 기술되어 있다. 하지만 그보다 지금까지 전해지고 있지 않은『구삼국사』의 내용을 인용한 고려 문신 이규보(李奎報, 1168~1241)의 시문집 『동국이상국집(東國李相國集)』 동명왕 편에 더 자세한 내용이 남아 있다. 아쉽게도 이 대목에서조차 소서노는 보이지 않는다.

다만, 소서노는 어려서부터 왕의 후계자로 지목되어 왕도 수업을 받은 인물이다. 훌륭한 스승에게서 문무를 익히고, 왕의 덕목을 배웠다. 그녀가 갖춘 소양은 정치를 배운 바 없는 추모에게 많은 도움이 되었을 것이다. 그녀는 아수라(阿修羅)처럼 군사들을 몰아쳐 전투를 치르는 데 더욱 능한 추모에게 조언을 많이 했을 것이다. 칼로 흥한 자는 반드시 칼로 망할 수밖에 없다, 고로 마음을 얻어야 전부를 얻을 수 있고 차후의 반발도 막을 수 있다는 조언이었을 것이다.

고구려 건국에 소서노의 영향력이 얼마나 컸는지 명시하지 않아도 알 수 있듯, 추모의 강강한 성향상 외교, 정치 분야에 있어 소서노의 현명한 판단과 조언이 크게 작용했으리라는 추측을 할 수 있다

이러한 추측을 가정하여 『동국이상국집』에 기술된 내용을 풀어보겠다.

추모왕 2년 을유 6월, 추모는 부하들을 이끌고 비류수를 거슬러 올라갔다. 전투가 아닌, 사냥을 하려는 모양새였다. 마침 지경을 넘자마자 사냥 나온 비류국 왕 일행과 마주쳤다. 당시 비류국의 왕은 송양이었다.

송양은 추모의 용모가 비상하다는 얘기를 듣고 자리를 청해 물었다.

"과인이 바닷가에 편벽되게 있어 일찍이 군자를 본 일이 없었는데 오늘날 만나게 되니 얼마나 다행인가? 그대는 어떤 사람이며 어디에서 왔는가?"

이에 추모가 오히려 되물었다.

"과인은 천제의 손으로 서국의 왕이거늘, 그대는 누구를 계승한 왕인가?"

송양은 그의 대담하다 못해 방자한 말투에 심히 괘씸한 마음마저 들었다. 이미 추모에 대한 소문은 익히 들어 알고 있었다. 천손 운운하며 홀본에 이르러서는 소서노 여왕의 두 번째 남편 된 자라 들었다. 뛰어난 활 솜씨로 국서가 되더니 그예 여왕에게서 왕위까지 빼앗아 왕이 되었다는 사실 또한 일대에 모르는 이가 없었다. 물론 그 자가 홀본의 여러 부족을 무력으로 복속시켜 통일하였기에 언제고 비류국에도 그 무도한 시비를 걸어오리라는 것쯤은 이미 예상하고 있었다. 그런 그가 제 발로 지경을 넘어왔으니, 지금에야말로 그를 제압할 절호의 기회라고 여겼다.

"나는 선인(仙人)의 후예로서 여러 대(代)에 걸쳐 왕의

바람 소리가 났다. 이어 옥지환이 부서졌다.

"와아아아!"

"오오오오!"

추모의 고구려군은 말할 것도 없거니와, 이를 지켜보는 비류국 군사들에서도 일제히 탄성이 터져 나왔다.

송양은 놀라 아무런 말도 하지 못했다.

"이제 천손임을 확인하였는가?"

송양은 부용하라 했던 말은 흐지부지되고 조용히 물러날 수밖에 없었다.

의기기양양한 모습으로 돌아온 추모는 소서노에게 말했다.

"송양은 내가 천손임을 인정하면서도 순순히 나라를 바치지 않는구료. 이대로 군사를 몰아가면 어떠하겠소?"

소서노가 부드럽게 미소하며 그를 진정시켰다.

"서두르지 마십시오. 어차피 송양은 이미 대왕의 실력을 알았나이다. 곧 사신을 보내올 터이니 그때 나라의 위엄을 세우셔야 할 것입니다. 고구려가 홀본부여의 맥을 잇고 있기는 하나 그보다 오래전, 비류국보다 더 오랜 왕실의 전통이 있음을 과시하면 좋을 듯합니다."

그는 곧 중신들을 모아 중엄하게 말하였다.

"나라를 새로 창업하였으나 아직 고각(鼓角)의 위의(威儀)가 없어 비류국의 사자가 왕래하되, 왕의 예로써 맞고 보내지 못하니 이것이 나를 가볍게 보는 까닭이 아니겠는가?"

고각은 예맥족 전통에서 하늘과 통한다고 여겨지는 신성한 북과 나팔을 이른다. 나라의 큰일을 치를 때, 외교사절을 맞이할 때 왕실의 전통과 권위를 과시할 수 있는 상징적인 도구로 쓰였다.

그 뜻을 이해한 종신 부분노가 나서서 일을 도모할 것을 청하였다.

"신이 대왕을 위하여 비류국의 북을 취해 오겠나이다."

추모가 되물었다.

"다른 나라의 감춰둔 물건을 그대가 어찌 가져오겠는가?"

"이는 하늘이 준 물건이니 어찌 취하지 못하겠사옵니까? 대왕께오서 동부여에서 곤욕을 치를 때 누가 대왕이

이 자리에 이르리라 예상하였겠사옵니까? 이제 대왕께서 만 번 죽을 위기에서 빠져나와 요좌에 이름을 드날리시니 이것은 천제가 명한 일이기에 이루지 못할 것이 없사옵니다."

이에 추모는 부분노에게 두 명을 딸려 비류국으로 보냈다. 부분노는 비류국에 잠입하여 무사히 고각을 훔쳐올 수 있었다.

얼마 후, 송양이 비류국의 고각이 사라졌음을 알았다. 하지만 증거 없이 함부로 대할 수가 없기에 사자를 보내어 물었다.

"설마하니 그대가 과인의 고각을 훔쳐간 것인가?"

추모는 혹시나 송양이 와서 고각을 확인하고 돌려달라할 것을 두려워하고 있었다. 부끄러운 일이기도 하거니와, 오히려 비류국의 고각인 만큼 그네 나라가 더 오래되어 우위에 있음을 인정하는 꼴이 되기 때문이다.

이에 소서노가 말했다.

"고각의 색을 어둡게 칠하여 오래된 것처럼 한다면 송양이 어찌 물건을 알아보겠습니까?"

추모는 바로 그녀의 말을 따랐다. 송양의 사자는 달라진 고각의 모양을 확인한 뒤, 감히 다투지 못하고 돌아갔다.

송양은 고각을 잃고 분한 마음을 가누지 못했다. 이후에도 사자가 오갈 때마다 도읍을 세운 시기를 두고 누가 선이냐 후냐를 따졌고, 그 선후에 따라 부용하자는 말을 다시 전했다. 나라의 우열을, 먼저 나고 말고로 우선하겠다 하니 어처구니없는 기준임이 분명했다. 그렇다고 같은 부여계 이웃 나라와 피를 흘리며 싸우지 말기를 당부하는 소서노의 뜻을 무시할 수도 없는 추모였다.

이번에도 소서노가 추모에게 답을 주었다.

"궁실을 짓되, 썩은 나무로 기둥을 세우도록 하십시오. 그리하면 천 년이 된 듯 오래되어 보일 것입니다."

이를 알지 못하는 송양이 단단히 벼르고 고구려를 방문하였다. 이제야말로 고구려를 부용국으로 삼을 수 있으리라 생각하고 의기양양하여 많은 부하까지 이끌고 왔다. 제 나라의 고각이 고구려의 궁실에 울려 퍼지는 것이 고까웠지만 이 모든 것이 곧 자신의 것이 되리라는 것을 추호도 의심하지 않았다.

이때 그가 발견한 것은 낡고 오래된 궁실의 기둥이었다.

추모가 만면에 미소를 띤 채 말했다.

"천제께서 내려오실 때마다 거하는 곳이라오. 참으로 오래되다 보니 당장에라도 기둥이 무너질까 두렵지 않겠소. 조만간 새로 궁실을 지을 예정이니 그때 다시 오면 깨끗한 궁실에 안전하게 모실 수 있을 것이외다."

송양은 더는 '부용'이란 단어를 입에 올리지 못하고 돌아갔다.

의로써 품으라

그로부터 얼마 후, 추모는 소서노와 함께 서쪽으로 사냥을 나갔다. 소서노의 재간이 추모에 미치지는 못하였으나 다른 이들과 비교해서는 누구에게도 지지 않을 만큼 발군이라 할만 했다. 두 사람이 보이는 족족 화살을 날리고 급소를 맞추니 일대의 사냥감들이 남아나지 않을 지경이었다.

잡은 사냥감을 한데 모아 돌아가려던 때였다. 소서노의 시야에 멀리 눈처럼 하얀 사슴 한 마리가 보였다.

"보십시오. 하얀 사슴입니다."

추모가 활시위를 당기려고 하자 소서노가 이를 제지했다.

"죽여서는 안 됩니다. 저 사슴은 신록(神鹿)이니 사로잡아 신께 제물로 바치셔야 합니다."

마침 천신제가 얼마 남지 않은 때였다. 추모는 흰 사슴을 사로잡아 가두었다가 제사를 치르는 날 모두에게 선보이기로 하였다.

드디어 천신제가 치러졌다. 추모는 관례대로 형벌과 수감을 중단하고 죄수들을 풀어주라는 영을 내렸다. 온 나라에 술과 음식이 흔전만전, 백성들이 연일 모여 술을 마시며 노래하고 춤추었다.

도성 앞에 해원(蟹原)이라는 언덕이 있었다. 그 언덕 위에 신단을 차려놓고 천신제를 지냈다. 많은 백성이 이를 보기 위해 몰려들었다.

먼저 왕을 대신한 신관이 소 발굽으로 한 해의 길흉을 점쳤다. 전쟁이 나도, 국혼을 치를 때도, 제천 행사 때도 불확실한 미래에 대한 불안감을 떨치기 위해 하늘의 뜻이 어디에 닿아 있는지 점을 치는 것이 부여의 관례였다.

"소 발굽이 떨어지지 않고 붙어 있습니다. 천신께서 이 한 해 동안 말이 강건하고, 전쟁에 연승하며, 추곡이 대풍이기에 온 백성이 평안할 것이라 전하셨나이다!"

신관의 점사에 모여 있던 백성들은 모두 환호하였다.

이어 백라관을 쓰고 백색 비단 관복을 입은 추모가, 소서노와 함께 제물을 바치는 의례를 치르기 위해 신단 앞으로 나왔다. 이미 나무에 매여 있던 흰 사슴이 통방울처럼 큰 눈알을 굴리며 두려움에 떨고 있었다.

부분노가 큰 검을 들어 흰 사슴의 목을 베려고 하는 순간, 추모가 이를 제지하였다. 모인 모두의 귀에 닿을 만큼 우렁우렁한 음성이었다.

"멈추어라!"

추모가 다음 명을 내렸다.

"신록을 거꾸로 매달아라!"

전에 없던 상황이라 모두가 놀라지 않을 수 없었다. 놀라기는 사슴의 목을 베려고 나온 부분노 역시 마찬가지였지만, 이내 군사들에게 왕의 명을 따르도록 지시하였다. 군사들은 허둥지둥 밧줄을 가져와 흰 사슴을 나무에 거꾸로 매달았다.

모두가 수군거렸다. "재물을 거꾸로 매달다니…. 대왕

께서 천신제의 관례를 모르시는가?" 이렇게 쑥덕대면서 추모의 정통성과 자격을 의심하는 이들도 있었다.

추모는 개의치 않고 사슴 앞으로 가 큰 소리로 외쳤다.

"고구려의 왕이 명하노라! 만약 하늘이 비를 내려 비류국의 왕도를 물바다로 만들지 않는다면 과인이 너를 놓아주지 않을 것이다! 이 난관을 면하려면 네가 능히 하늘에 호소하라!"

제물의 목소리를 통해 왕의 뜻을 하늘에 전하고자 하는 주문이었다. 이에 호응하듯 사슴이 울부짖기 시작했다. 목청껏 살려 달라고 외치는 소리가 하늘에 사무치는 듯하였다. 백성들과 중신들이 괴이한 일이라 쑥덕거리는 와중에 소서노만이 묘한 미소를 입가에 담고 있었다. 모두 그녀가 꾀한 일이었다.

얼마 후, 폭우가 내리기 시작했다. 사슴이 울 때마다 하늘에 불벼락이 치고, 천둥 소리가 쩌렁쩌렁 울려 퍼졌다. 비류수가 범람하여 분지를 집어삼켰다. 그예 연일 내리는 엄청난 빗줄기로 인해 비류국의 왕도마저 물에 잠겼다. 궁성이 무너지고 민가가 떠내려갔다.

삽시간에 소문이 돌았다. 모두 천손인 추모가 신록을 겁박하여 하늘에 고한 주문이 통했다고 하였다.

고구려의 한 신하가 추모에게 아뢰었다.

"때가 왔나이다. 자비로 대한 대왕의 뜻을 거슬러 나라를 바치지 아니하는 송양이옵니다. 그를 쳐 비류국을 무력으로 복속시키시옵소서."

비류국의 위기가 곧, 고구려가 힘들이지 않고도 그들을 짓밟을 수 있는 기회라는 의미였다. 그런데 소서노는 고개를 저으며 추모를 만류하였다.

"신록이 하늘에 대왕의 뜻을 전하여 답이 내려졌으니 굳이 많은 피를 흘려 하늘을 거스르지 마십시오. 하늘이 곧잘 과하게 여물어 비를 내리는 것은 당연하나, 곧 멈출 때가 되지 않았겠습니까? 왕은 백성들의 어버이가 되어 그 어려움을 살펴야 하지 그 상처를 이용하여 이익을 취해서는 아니 되옵니다."

추모는 곧 군사를 몰아 비류국으로 갔다. 신하의 말대로 송양을 무력으로 치겠다는 것이 아닌, 하늘의 뜻을 인의로 펼치기 위함이었다.

비류국의 도성은 그야말로 아비지옥이었다. 백성과 가축, 가옥까지 모두 떠내려가 본시 바다였는지, 평원이었는지 분간이 가지 않을 정도였다. 그 와중에서도 송양은 다리 짧은 오리 말을 타고 서서 "줄을 던져라", "재물을 건져라", "가축을 잡아라", "백성들을 구하라"라고 하며 쩔쩔맸다. 하지만 던지나마나한 새끼줄로는 소용돌이치는 물살 속에서 그 무엇도 건져낼 수 없었다.

이때, 추모가 많은 군사를 동원하여 당도했다. 그는 여러 물길을 내어 막힌 물꼬를 터트리고, 바위 위에 서서 채찍을 휘두르며 추상같이 고함쳤다.

"백성들을 먼저 구하라! 재물에 손대는 자는 목을 칠 것이니, 백성 하나의 목숨이라도 더 살피라!"

곧 이어 단단한 동아줄이 던져졌다. 떠내려가던 백성들은 그 줄을 잡고 물살을 헤쳐 나올 수 있었다. 얼마 지나지 않아 소서노의 말대로 비가 멈추었다. 추모는 소서노가 준비해 준 음식들로 굶주린 비류국 백성들을 먹이고 의복을 입혔다. 백성들은 모두 추모의 앞에 무릎 꿇고 절하였다.

추모왕 2년(B.C. 36) 6월, 송양은 스스로 지혜와 덕이 없음을 개탄하며 추모에게 항복하여 나라를 바쳤다. 추모는 그 땅을 다물도(多勿都)라 하였고, 송양을 다물후(多勿侯)에 봉해 다스리게 하였다. 다물이란 다시 옛것을 회복한다는 말이니 그 옛날 부여의 땅을 되찾았다는 의미이기도 하다.

『삼국사기』에 따르면 추모왕 4년 7월에 성곽과 궁실이 지어졌다. <광개토대왕릉비> 비문 또한 "(추모)왕께서 비류곡(沸流谷)에 있는 홀본 서쪽 산에 성을 쌓아 수도를 건설하셨다"라고 기록하고 있다. 흘승골성(訖升骨城), 또 다르게는 홀본성이라고도 불리는 성이다. 현재 중국 요령성 본계시 환인현 현성에서 동북쪽으로 7km 떨어진 오녀산성(五女山城)으로 그 위치를 비정하기도 한다. 하지만 이를 부정하는 사학자도 많다. 그곳에서 기원전 유물이 나오지 않았다는 것이 이유다. 다만, 흘승골성이야말로 고구려의 첫 번째 도성임은 분명하다. 유리명왕 22년(A.D. 3) 국내성으로 천도하기까지 수도성으로 이용되었다.

이후 B.C. 32년 추모는 오이와 부분노에게 명하여 태백산 동남쪽의 행인국(荇人國)을 쳐 그 땅을 빼앗았다. 2년 후 11월에는 부위염(扶尉猒)을 시켜 북옥저를 멸망시킨 후 성읍으로 삼는 등, 주변국들을 하나씩 복속시켜 영토를 넓혀 나갔다. 만천하에 추모왕의 이름을 드높였다.

대항마인 유리의 등장

추모가 홀본부여의 소서노와 혼인한 후, 그녀의 힘을 빌어 고구려를 건국한 지 14년이 되는 해(B.C. 24)였다.

동부여의 어머니 유화가 몹시 그리웠으나, 죽음을 각오하고 탈출한 탓에 찾아볼 엄두가 나지 않는 추모였다. 인편으로 연락을 취할 수도 있겠으나, 이 또한 녹록지 않았다. 금와의 후궁으로, 항시 왕과 대소의 눈치를 살펴야 하는 어머니였다. 혹여 연락을 주고 받다가 나라를 배신한다 추궁이라도 당할 것을 염려하여 그리움만 삭혀야 했다.

대신 여러 해 전, 병사들이 훈련을 받는 한빈에 농사를 살피러 갔다가 어머니의 소식 아닌 소식을 확인할 수 있

었다. 비둘기 한 쌍이었다. 유화가 동부여의 궁에서 길들이던 비둘기가 분명했다. 비둘기는 날아와 앉더니 머금었던 보리를 토해내었다. 작황이 좋아 대풍을 기뻐하는 와중에도, 콩과 기장, 조 등은 족해도 허기를 채워줄 보리가 없음을 아쉬워하고 있다는 사실을 알고 보내준 것이리라. 그는 어머니가 보낸 보리를 구맥(鳩麥)이라 부르고 파종하도록 하였다.

그렇게 멀리서 그를 응원하던 어미였건만, 해후하지 못한 채 동부여의 궁에서 졸하였다는 소식만 전하게 되었다. 언제고 어머니를 모셔와 태후의 자리에 올리겠다고 다짐하고 있던 추모로서는 하늘이 무너지는 듯한 억한 심경이었다.

어린 나이에 해모수를 만나 추모를 잉태하였지만, 그에게 내쳐지고 가문에서조차 쫓겨났던 어머니 유화. 금와가 아니었더라면 결코 차가운 험지에서 버텨내지 못했을 것이다. 그렇다고 동부여국에서의 삶이 그리 녹록한 것만은 아니었다. 대소의 어미인 정비의 존재 때문에 늘 불안했고, 군계일학이라고 할 수 있을 정도로 탁월한 추모에 대한 대소의 시기심이 큰 화로 돌아올까 전전긍긍하였다. 추모가 홀본에 새 나라를 세웠다는 소식을 듣고 나서는 살아도 죽은 듯 숨조차 편히 쉴 수 없는 세월을 보내고 있었다.

다행히 유화를 몹시 아끼던 금와가 추모를 대신해 태후의 예로서 장사 지내고 신묘까지 세워주었다. 추모는 목숨을 살려준 은인이자, 어미를 끝까지 지켜준 양아비에게 감사했다. 이에 소서노와 함께 압궁의 상류에서 발상하였고, 이어 사신을 동부여로 보내어 방물을 바치는 것으로 금와의 덕을 갚았다.

그렇게 어머니의 마지막 임종도 지켜보지 못한 안타까움에 눈물짓던 어느 날, 그의 앞에 뜻밖의 인물이 나타났다.

추모가 동부여에 있을 때 예씨의 딸을 취한 바 있었다. 그녀가 당시 아이를 배었는데 추모가 떠난 후에 낳았다. 뜻밖의 인물이란 다름 아닌, 추모와 예씨 사이의 아들인 유리였던 것이다.

유리가 추모를 찾게 된 과정이 『삼국사기』에 기술되

어 있다.

유리가 어릴 때의 일이다. 밭두둑에 나아가 새를 쏘다가 잘못하여 물 긷는 여자의 물동이를 깨뜨린 적이 있었다. 여자가 꾸짖어 말하기를,

"이 아이는 아비가 없는 까닭에 이같이 억세고 사납다."라고 하였다.

유리가 부끄러워하며 돌아와 어머니 예씨에게 물었다.

"우리 아버지는 누구며 지금 어디 계시오?"

그제야 예씨가 추모에 대해 들려주었다.

"너의 아버지는 보통 사람이 아니었기에 나라에서 용납되지 못하고 남쪽 땅으로 도망하여 나라를 세우고 왕이 되셨단다. 떠날 때 나에게 말하기를, "사내를 낳거든 그 아이에게 이르되, 내가 유물을 칠릉석(일곱 모진 돌) 위 소나무 밑에 감추어 두었으니, 능히 이것을 찾아오는 자가 나의 아들이다."라고 하시었다.

유리가 이를 듣고 아비의 유물을 찾기 위해 산곡을 뒤졌다. 하지만 어디에서도 발견하지 못한 채 지쳐서 돌아

와야만 했다.

하루는 그가 마루 위에 있는데 주초 틈바귀에서 무슨 소리가 난다는 사실을 발견했다. 가서 살펴보니 초석이 일곱 모였다. 추모가 말한 칠릉석이었다. 유리는 칠릉석에 세워진 소나무 기둥 아래를 뒤져 부러진 칼을 찾을 수 있었다.

드디어 유리는 그것을 가지고 옥지(屋智), 구추(句鄒), 도조(都祖) 등 세 사람과 함께 홀본에 가서 부왕을 보고 단검을 바쳤다. 왕이 가지고 있던 단검을 꺼내어 맞추어 보는데 완연한 칼 한 자루가 되었다.(『삼국사기』「고구려본기」유리왕 조)

아들의 갑작스런 출현에 아비라면 당연히 놀라기도 하거니와 속내 기뻐하지 않을 수 없었을 것이다. 명경을 보듯 자신과 똑 닮은 아들의 장성한 모습에 가슴이 뻐근할 정도로 안쓰럽기도 하였겠다. 입신양명(立身揚名)하면 금의환향(錦衣還鄕)하고픈 것이 인간의 본능이거늘, 하물며 새 나라를 건국하여 한 나라의 왕이 되었지 않은가. 누구보다 내 부모, 내 자식에게 성공한 모습을 드러내고 싶은 욕망은 당연했다.

하지만 어머니는 결국 먼 타지에 있는 아들을 다시 만나보지도 못한 채 돌아가셨다. 이때, 나타난 자식이라면 금쪽보다 귀하지 않았을까? 나라를 세우고도 양자를 태자 삼고, 그에게 나라를 양위할 수밖에 없는 상황에서 단 하나뿐인 혈육을 만난 기쁨이 그 어느 때보다 컸으리라.

『백제서기』에서는 그 당시 추모의 고뇌와 안타까운 심정을 납득할 수 있을 정도의 내용으로 기술하고 있다.

추모는 장성한 아들을 보고 기뻐했다. 하지만 내색하지 않았다. 아니, 내색할 수 없었다. 소서노 때문이었다. 소서노가 아니었다면 자신이 홀본부여의 왕이 된다는 것도, 홀본을 기반으로 새 나라 고구려를 건국한다는 것도 절대 불가능한 일이었다. 그녀가 있어 쳐내고 남은 홀본의 토착 세력, 백성들의 계심을 풀고 나라를 안정시킬 수 있었다. 더욱이 그녀가 아니었다면 이미 오래전 대소가 보낸 간자에 의해 객지에서 처참한 죽음을 맞을 수도 있었다. 그런 소서노를 두고 어찌 옛 여인과 아들을 바로 받아들일 수 있을 것인가?

추모는 다물후 송양의 집안에 예씨와 유리를 맡기기로 하였다. 송양은 그 사이 병으로 죽었으나, 그 아들 송의가 충성을 다하니 대신하여 두 사람을 지극정성으로 보필 수 있겠다 여겼던 게다. 그렇게 자신의 아들이 멀지 않은 곳에 떨어져 조용히 지내주기를 바랐을 수도, 기다려 뜻 한 바 이루게 될 후일을 도모하려 했는지도 모른다.

어느새 유리에 대한 소문이 저자를 돌아, 종신들과 시종들의 입을 통해 소서노의 귀에까지 들어갔다.

연타발에게 아들 없이 딸만 셋이 있었는데 그중에서 유력한 후계자로 지목되었던 소서노였다. 그러나 바로 마땅한 사위 자리가 나타나자 왕위는 그에게로 돌아갔다. 왕이 될 자리는 맨 앞자리가 바워져 있는 양, 대체할 자가 나오면 바로 채워질 수 있는 자리였다. 물론 왕 부부에게는 이미 아들이 둘이나 있었다. 아니, 그 아들들은 소서노와 전 남편인 우태와의 아들이지 추모의 자식이 아니었다는 게 문제였다.

추모가 비류와 온조를 친아들처럼 아끼고 이미 비류를 태자 자리에 봉했다 하나, 이 상황에서 추모의 친자식이 돌연 나타났다면 이야기는 달라질 수 있었다. 추모의 적자야말로 비류에게 가장 위협적인 존재가 되기 때문이다. 비류가 태자 자리를 빼앗긴다면 태후 자리 역시 보존하기 힘들었다. 이 나라 왕조의 혈통이 송두리째 바뀌는 것이다.

'제거해야 하는가, 받아들여야 하는가.'

그녀는 계속 고민하면서 추모의 안색을 살폈다. 추모는 소서노의 심중을 아는지 모르는지 전혀 내색하지 않았다. 나라 안을 돌며 백성들을 살피는 것에만 전념했다. 어쩌면 이 또한 그의 작전일 수 있었다.

소서노가 유리의 소문을 듣고 괴이하게 여겨 왕에게 까닭을 물었다. 이 또한『백제서기』의 기록이다.

"부부는 한 몸이요. 낭군의 아들이 홀본에 와서 산다는데 어찌 오게 하여 만나지 아니합니까?"

이에 추모가 말하기를,

"그 아이가 비록 아버지를 그리워하여 왔으나, 내가 비류와 온조를 아들로 삼았는데 어찌 아들이라고 연연하는 것이 가당하겠소. 이미 버린 자식이오."라고 하였다.

소서노는 이러한 그의 단호함에 놀랐다. 당장에라도 데려와 왕자 자리에 앉히지 않는 것이 오직 자신과 자신의 두 아들 때문이라는 사실에 감동하였다.

“부자는 천륜이거늘 어찌 버림이 가당합니까? 또 첩과 대왕이 혼인한 지 20여 년(기록은 그러하나 대략 14년)이 되었지만 두 사람 사이에 단지 감아 한 명이 있을 뿐입니다. 낭군의 자식은 첩의 자식이기도 한데, 어찌 불러오게 하여 궁중에 두려하지 않습니까?”

그제야 기다렸다는 듯, 왕이 제안 하나를 하였다.

“부인의 말이 합당하오. 만약 아이(우태의 딸)를 시집보내어 공동의 자식이 된다면, 더할 나위 없이 좋을 것이오.”

“부부 사이에 어찌 아까움이 있겠습니까? 대왕께서 바라시는 것이 첩의 마음이기도 합니다.”

소서노가 승낙하자, 왕이 크게 기뻐하며 유리를 궁으로 불러들였다. 또한 유리를 아이의 처소에 두고 둘을 혼인시켰다. 그러나 이 일이 차후 소서노와 두 아들의 운명을 바꾼 엄청난 변곡점이 되리라고는, 평생 두고두고 후회할 일이 될 거라고는 꿈에도 생각지 못했다.

유리의 배신 때문이었다.

추모는 배역한 인물인가

소서노는 그릇이 큰 인물이다. 자신이 직접 왕에게 청하여 왕의 적자를 궁으로 들이고 자신의 딸을 시집 보내기까지 하였다. 유리를 따라 궁으로 들어온 예씨 또한 살뜰히 챙겨주었다. 부여의 법률에, 질투심 많은 여인을 극형에 처한다는 엄중한 법이 있지 않은가. 너그러운 정실부인으로서 후실 대하듯 해야 옳았다. 모두가 왕실의 화평을 위함이었다.

하지만 상황은 소서노가 바라는 바대로 흘러가지 않았다. 유리가 부인인 아이를 부추겨 부왕에게 아부하고, 함께 하는 자리에 늘 예씨를 대동한다는 사실은 이미 알고 있었다. 그런데 뒤로 추모의 중신들과 결탁하여 태자 자리를 노리고 있음은 알지 못했다.

『백제서기』에 유리가 비류를 밀어내고 태자가 되기까지의 과정이 상세히 기록되어 있다.

추모왕 29년(B.C. 19) 임인 4월, 우보(右輔) 오이(烏伊)를 비롯한 근신들이 상소를 올렸다. 내용은 이러하였다.

"예로부터 제왕은 그 아들을 태자로 세우지 않은 적이 없습니다. 지금의 대왕께서는 많은 고생을 하신 끝에 나라를 세웠으나 자신의 아들을 태자로 세우지 못하고 있사옵니다. 신 등은 천추 만세의 미래를 의지할 수 없습니다. 만약 비류 왕자를 세운다면 마땅히 왕자의 부친인 우태왕을 성후(소서노)의 짝으로 인정하는 것이니, 대왕이 어찌 이 나라에서 나라의 제사를 받겠사옵니까? 만약 유리 왕자를 태자로 삼고 아이 공주를 태자비로 삼는다면, 임신 중인 공주가 낳은 대왕과 왕후의 자손으로 하여 영구히 이 땅에서 임금의 지위가 이어질 것입니다. 대왕과 왕후께서 두려워하는 바는 서로의 배우자가 이 땅에서 나라의 제사를 받는 일에 시비가 있는 것이니, 마땅한 도리가 아니겠사옵니까?"

추모는 다시금 고민에 빠졌다. 그들의 말대로 일국의 왕이라면 자신의 적자를 태자로 세우는 것이 당연했다. 멀쩡한 적자가 있는데 양자를 태자로 세우는 일은 혈통상으로도 문제가 있었다. 그렇다고 여전히 소서노의 뒤에 버티고 있는 홀본 토착 세력과 소서노를 따르는 그의 백성들, 무엇보다 모든 것을 바쳐 자신을 보필한 소서노의 자신에 대한 충심이 두려웠다. 고구려는 그의 나라임에도 아직은 완전한 그의 나라가 아니었다. 간혹 실세는 왕이 아닌 소서노라고 했다. 이는 맞기도 하고, 틀리기도 한 말이었다.

추모는 오이 등 상소를 올린 근신들을 불러들였다.

"현명한 아들을 세우는 것이야말로 종묘사직에 중요한 일이다. 지금의 비류는 어질고 덕이 있으니 내 어찌 사사로이 소생을 세울 수 있겠느냐?"

그럼에도 근신들은 계속해서 추모를 부추겼다. 특히 오이의 반발은 심했다. 왕의 적자가 왕위를 잇지 않는다면 새 나라가 아닌, 홀본부여로 돌아가는 것이라 여겼으리라. 차후 왕이 졸한 뒤, 추모의 측근인 자신의 입지 또한 불안해질 수 있으니 강경할 수밖에 없었던 게다.

"비록 비류 왕자가 인자하기는 하나 제왕의 그릇은 아니옵니다. 단지 조상이 이루어 놓은 것을 이어받은 그릇일 뿐이지요. 유리 왕자는 재주와 덕을 온전히 갖추고 있사옵니다. 만백성이 입을 모아 대왕의 아들에게 보위가 돌아가야 한다고 말하옵니다. 지금 만약 적자를 세우지 않는다면 후회해도 늦을 것이옵니다."

추모는 자리에 유리를 불러 물었다.

"너의 뜻은 어떠하냐?"

유리는 영민한 자였다. 뒤에서 추모의 근신들과 모의한 일이라 할지라도, 대왕 앞에서 제 입으로 뜻한 바를 솔직히 드러내서는 아니 되었다. 왕후의 미움을 사게 된다면 지금의 자리마저 위태로울 수 있다는 것을 잘 알았다. 겉으로는 최대한 겸양한 모습을 보이는 것이 아직까지 그의 입지에 걸맞았다. 다만 은근한 소신 정도면 충분했다.

"소자가 어찌 감히 태자이신 비류 형님의 자리를 넘보겠사옵니까? 사사로이는 폐하의 양자이자 소자의 처남이기도 하니 형제들끼리 분란을 일으키고 싶지 않사옵니다. 다만 군신들과 백성들의 뜻이 함께하는 것을 금할 수는 없을 것이옵니다."

추모는 유리의 뜻을 이해했다. 겸손하게 고사하는 모양새를 취하고 있기는 하나, 모두의 뜻이 같다면 이를 막을 수는 없으니 따라도 무방하다는 일말의 여지를 남겨두고 있었다. 유리가 무엇을 두려워하고 있는지도 충분히 눈치 챌 수 있는 말이었다.

밤이 되어 추모가 소서노의 궁실에 들었다. 나란히 누워서도 잠이 들지 못하는 모습에 소서노가 이유를 물었다.

"왜 잠을 이루지 못하십니까? 무슨 걱정거리라도…."

추모는 그저 유리의 거취가 걱정이라고만 말하였다. 『백제서기』에는 "후계자를 세우는 일을 걱정하였다"라고 기술되어 있으나 이미 비류를 태자 자리에 봉한 상태이므로 유리의 거취를 걱정하는 말로, 은근히 소서노의 내심을 떠보려 하였으리라 추측할 수 있다.

소서노로서는 참으로 난감한 일이었다. 물론 궁 안의 어디를 가도 소서노의 귀가 있고, 눈이 있으니 낮에 편전에서의 일을 모를 리 만무했다. 다만 그가 말하지 않는 이상, 그녀 또한 그가 원하는 답을 내고 싶지 않았다. 비류가 실수한 바도 없거니와, 이 나라 고구려는 기실 자신의 나라 홀본의 땅, 홀본의 백성들이 근본인 나라이지 않은가. 감히 이미 정하여진 국본의 자리를 바꾸라 마라 하는 배역한 자들의 행동이 발칙했을 뿐이다.

반면, 틀린 말도 아님을 알았다. 왕의 적자가 태자의 자리에 올라 왕위를 잇는 것은 당연했다. 적자가 없다면 후궁을 맞아 서자를 낳아서라도 부계 혈통을 지켜야 마땅했다. 아무리 추모가 비류와 온조를 제 아들처럼 아낀다 하여도 그들은 왕의 적자가 아니었다. 그것이 관습이고, 왕조의 온전한 승계였다.

하물며 을음은 어떠하였는가? 그는 홀본의 왕 을족과 왕후인 을류 사이에 태어난 적자였다. 하지만 을족이 졸한 후, 을류가 신하였던 연타발과 혼인하자 후계 구도에서 배척되어야 했다. 그것이 바로 권력의 향방이고, 철저한 힘의 논리라는 사실을 그녀가 모를 리 없었다. 그래서 더더욱 추모의 결단을 바랐으리라. 아니면 동족끼리 피를 흘리는 전쟁이 불가피하니 말이다.

추모가 속을 드러내려 하지 않자, 그예 소서노가 먼저 운을 떼었다.

"나의 아들 비류가 비록 인자하나, 대왕의 아들 유리에게 미치지 못한다고 말하고 있습니다. 만약 아이가 훌륭한 손자를 낳으면 이 나라를 능히 이어나갈 것이니, 소첩은 전 남편과 현 남편인 대왕 모두에게 부인의 도리를 다하는 것이 될 것입니다. 대왕께서는 고집하여 근심하지 마십시오."

추모는 이렇게 말했다.

"건국의 도리는 어진 이를 후계자로 세우는 것이오. 짐은 다만, 내 자식이 현명하다는 것을 알지 못하오. 모두의 뜻이 당신의 말과 같은지 내일 시험하여 그리하겠소."

추모는 소서노가 역시 순리를 따를 줄 아는 여인이라는 것에 내심 또 기뻐했다. 소서노는 그와 반대로 남편이 최소한의 도리는 지켜주리라 여겼다.

다음 날 추모는 모든 왕족과 대신들을 소집했다. 너른 광장의 한가운데에는 두 개의 깃발이 나란히 꽂혀 있었다.

그가 큰 소리로 외쳤다.

"중신들과 백성들의 소리를 들었다. 무릇 한 나라의 태자를 정할 때에는 왕의 적자를 우선해야 한다. 하나 비류와 온조가 나의 혈육은 아니라 하여도 그보다 못하지 아니하다. 또한 누가 태자 자리에 오르든 이 나라 고구려에 혼란이 있어서는 아니 될 것이다. 하여 두 사람 중 누가 태자 자리로 마땅한지 그대들이 선택해주기를 바란다. 비류를 세우고자 하는 자는 오른쪽, 유리를 세우고자 하는 자는 왼쪽에 서라."

소서노의 입에서 탄식이 터져 나오지 않았을까? 지금은 소서노의 홀본이 아닌, 추모의 고구려다. 제아무리 오래전부터 함께해 온 자신의 사람이라 한들, 감히 대왕 앞에서 왕의 적자를 마다할 수 있을까? 그만한 용기를 가진 자가 얼마나 되겠는가? 그녀는 추모가 모두 앞에서 거역할 수 없는 확실한 명분을 만들기 위해 이 일을 꾸몄다는 사실을 그제야 알았다. 그 순간, 멈추기에는 이미 늦었다는 사실 또한 깨달았다.

추모가 손짓을 하자 북소리가 크게 울렸다. 중신들과 왕족들 중에서 선뜻 발을 떼는 자는 아무도 없었다. '비류와 유리 중에서 한 사람을 선택하는 문제'가 아니었다. '추모냐, 소서노냐. 고구려의 실세가 과연 누구냐, 누구 뒤에 줄을 서야 본인이 무탈할 것인가?' 하는, 목숨을 건 선택이었다.

이때, 추모가 추상같이 호령했다.

"나라의 국본을 세우는 일이다. 그대들의 의견을 충분히 받아들이겠다 하였는데 어찌 망설이는가?"

그 목소리에는 왕의 절대적인 권위가 실려 있었다. 더는 주저할 수 없었다. 소서노는 아랫입술을 짓깨물었다. 주저하던 이들이 오른쪽과 왼쪽 깃발 뒤에 하나둘 옮겨 서기 시작했다. 그들의 선택이 정해질 때마다 소서노는 두 눈을 부릅뜨고 그들을 노려보았다.

드디어 북소리가 멈췄다. 결과는 머릿수를 세지 않아도 알 수 있을 만큼 확실했다. 모든 이들 앞에 드러난 다수의 결정, 백성들의 목소리라 일컫는 선택.

결과는 바로 유리였다. 비류보다 대략 3배가 넘는 숫

자가 왼쪽 깃발 뒤에 서 있었다. 유리가 뒤에서 추모의 근신들을 조종하고 아이를 부추긴 결과이기도 했다.

드디어 왕이 선언하였다.

"짐이 비류의 부친인 우태를 인정하지 않는 것은 아니나, 도리가 없구나. 그대들의 뜻에 따르도록 하겠다. 태자 비류를 폐하고 유리를 태자로 봉한다. 이는 왕의 적자를 태자로 삼아 올바른 나라의 국본을 세우는 일이니 어느 누구도 더는 이에 대해 논하지 말라. 다만 그간 비류와 온조의 공이 크니 나라를 3부로 나누어 비류는 동남을, 온조는 서남을, 유리는 북부를 다스리게 할 것이다."

추모는 결과를 이미 예측했다. 그것이 바로 왕인 그의 권위였다. 대신 소서노를 달래기 위해 비류와 온조에게도 명목상의 영지를 주었다. 하지만 이는 유명무실했다. 땅을 셋으로 나누었다 하여도 이는 왕의 영지였고, 태자가 미래의 주인이기 때문이다.

"대왕의 적자로 하여 태자가 섰으니 너희가 받들어야 할 것이다."

소서노는 그리 두 아들을 타이르며, 조용히 물러날 수

밖에 없었다. 추모를 믿어온 만큼 배신감이 곱절이 되었지만 어쩔 도리가 없었다. 다만 이것이 작금의 권력이고, 홀본은 부여가 아닌, 완전히 새 나라 고구려가 되었음을 인정해야 했다.

그 사이 비류와 온조는 점점 더 많은 불만을 품게 되었다.

소서노의 분노

유리가 태자 자리에 오른 B.C. 19년 9월, 추모가 졸하였다. 향년 40세였다. 용산에 장사하고 동명성왕이라는 시호가 올려졌다.

다음 해인 B.C. 18년, 소서노가 두 아들과 함께 남하하여 미추홀에 나라를 세우게 된다.

『삼국사기』는 소서노 세 모자가 남하한 시기를 두고, 추모가 졸한 뒤 유리가 왕이 되니 그의 전횡에 참다못한 소서노와 비류, 온조가 남하하여 나라를 세웠다고 기술하고 있다. 이와는 달리, 『조선상고사』에서는 추모의 살아생전에 벌어진 일이라고 하였다. 예씨가 원후에 봉해지면서 소서노가 소후로 강등되고, 유리가 태자가 되자 비류, 온조 두 왕자는 서자가 되어야 했기에 떠나게 된 것이라 하였다.

이때 비류가 이렇게 말한다.

"고구려 건국의 공이 거의 우리 어머니에게 있는데, 이제 어머니는 왕후 자리를 빼앗기고 우리 형제는 의지할 데 없는 사람이 되었다. 대왕이 계신 때도 이러하니, 하물며 대왕께서 돌아가신 뒤에 유리가 왕위를 이으면 우리는 어떻게 되겠는가? 차라리 대왕이 살아 계신 때에 미리 어머니를 모시고 다른 곳으로 가서 딴 살림을 차리는 것이 옳겠다."

이어 소서노는 추모에게 청하여 많은 금은보화를 나누어 가지고 비류, 온조 두 아들과 오간, 마려 등 18명(다른 문헌에서는 모두 10명으로 기술)을 데리고 낙랑국을 지나 마한으로 들어간다고 기술하였다.

하지만 그동안 많은 인내를 보여 왔던 소서노가 추모가 살아 있을 때 홀본을 버리고 떠났다는 『조선상고사』의 기록에는 무리가 따른다. 추모가 소서노를 회유하기 위해 비류와 온조에게 봉토를 하사하는 등 나름의 노력을 보였고, 비류를 폐하고 유리를 태자 자리에 옹립하였다 하여 소서노마저 원후의 자리에서 폐할 만한 명분이 없기 때문이다.

유리를 지키기 위해 예씨를 원후의 자리에 올렸을 것이라는 추정 또한 맞지 않는다. 남은 홀본 토착 세력과 백성들의 원성을 생각한다면 절대적으로 불가능한 일이다. 그녀가 여전히 고구려의 전신이었던 홀본의 상징이며, 백성들을 결집할 수 있는 구심점 역할을 하고 있다는 것이 그 이유다. 오히려 추모의 입장에서는 소서노가 자리를 지켜주어야만 유리의 태자 자리도 온전하다고 여겼을 공산이 크다.

즉, 추모가 죽은 이후 세 모자가 떠나야 맥락이 맞다. 『백제서기』의 내용을 기본으로 다시 한번, 이야기를 맞춰 보겠다.

추모가 졸하였다. 묘호는 중모왕 또는 도모대왕, 유리가 왕위를 이었다. B.C. 19년의 일이다.

추모는 북부여 해모수의 아들로 태어나 동부여 금와에 의탁해 살았다. 쫓기어 홀본에 와서는 소서노와 혼인하였고 홀본부여의 왕위를 양위받아 새 나라 고구려를 세웠다. 그는 건국한 지 19년 만에 그렇게 승하하였다. 소서노에게는 두 번째 남편이자, 자식들의 양부이지만 결과적으로 나라를 빼앗고, 새 나라를 건국하는 영광을 독식한 모진 사내인 셈이다.

그런 추모가 죽었을 때 소서노는 무엇을 생각했을까? 『백제서기』에는 소서노가 애통하며 따라 죽으려 하였고, 군신들이 이를 말리는 장면이 기술되어 있다. 이는 장례 예법에 따라 애도의 뜻으로 곡을 하였다는 정도로 이해하면 될 것이다. 이미 추모의 배신에 큰 상처를 입었던 소서노가 그를 따라 죽겠다고 진심으로 행하였을 리 만무하다. 최소한의 의리이고 절차를 따르려고 하였을 뿐이다.

당시 유리는 추모의 적자라는 명분과 추모의 근신들 외에는 지지 기반이라고 할 만한 것이 딱히 없었다. 소서노로서는 반란을 일으켜 그를 내치고, 다시 제 아들을 왕위에 올릴 수 있는 인력, 재력, 배경 모두 갖추고 있었다. 그럼에도 소서노는 그렇게 하지 않았다. 분쟁을 일으켜 싸울 수도 있지만, 선양한 것을 되찾겠다고 악다구니 쓰지 않았다. 복수하고자 역성하지 않았다. 나라가 둘로 갈라져 피를 흘리는 싸움을 주도할 수 없었던 것이다. 그것이 그녀가 나라와 백성들을 지키는 원칙이었다. 그녀가 왕좌를 평화롭게 양위하고 물러난 이유이기도 하다.

그러나 그렇게 모든 것을 내려놓고 운명에 순응하고자 하였던 그녀에게 더는 참지 못할 일이 터지고야 말았다.

추모가 죽은 해 10월, 아이가 유리의 아들 도절(都切)을 낳았다. 관례대로 죄인을 풀어주는 대사면령이 내려졌다.

추모가 졸한 후 왕위에 오른 유리는 음흉한 본색을 드러내기 시작했다.

유리가 홀본에 왔을 때, 추모가 그를 궁으로 들이지 않고 송양의 아들, 송의에게 맡겼던 것이 화근이었다. 당시 유리는 다물도에 머물면서 송의의 누이, 송화와 눈이 맞아 통정하는 사이가 되었다. 그런데 아이 황후가 출산하여 몸조리하는 사이에 송화를 데려다가 후궁으로 삼았던 것이다.

태후 소서노는 유리를 불러 심하게 다그쳤다.

"나의 딸은 임금의 아들을 낳고 누워 있으니 마땅히 조석으로 곁에 있으면서 수고를 나누어야 남편의 도리가 아니겠소. 어찌 다른 여자를 거두려 하시오?"

이에 답하는 유리의 말이 가관이었다.

"임금은 마땅히 대를 이을 자손을 넓혀야 하니 한두 명의 후궁쯤은 있어야 하지 않겠습니까? 하물며 송화는 나의 조당병모(糟糖餠母)로 맹세하였으니, 버릴 수 없습니다."

소서노로서는 대로할 수밖에 없었다.

"너를 태자로 삼았을 때 우리 부부를 속여 어질고 현명하게 보이려 하였던 것이 맞구나. 지금 너의 아비가 죽고 없으니 감히 나를 이처럼 대하는 게냐?"

유리는 개의치 않고 소서노를 무시했다. 선전포고인 셈이다.

그제야 소서노는 모든 것이 자신의 잘못된 선택 때문이었음을 절실히 깨달았다. 나라와 백성, 자식을 지켜 평화롭기만을 바랐건만, 그 모든 것을 차례로 두 부자에게 빼앗겨 버린 꼴이 되었지 않은가.

그녀는 참지 못하고 비류와 온조 두 아들을 불러 이렇게 말했다.

"우리가 유리에게 속았다. 너희들은 각자가 봉하여진 땅으로 돌아가 서둘러 계책을 세워야 할 것이다."

태자 자리를 빼앗긴 비류 또한 그동안 쌓였던 울분을 토해냈다.

"선왕께서 살아 계실 때 우리를 자식처럼 사랑하였건만, 지금은 혹 같은 존재를 면할 수 없습니다. 어머니를 모시고 남쪽으로 가 새 나라를 창업하는 것이 좋을 듯 합니다."

온조 또한 동의하였다.

소서노는 비류와 온조 두 아들을 데리고 고구려를 떠나기로 하였다. 이때, 많은 재산과 패물을 챙겨 남하하였는데 오간(烏干), 마려(馬黎) 등 열 명의 신하를 비롯해 많은 백성이 그녀를 따라 정든 고향을 떠났다.

태어나고 자란 조국 홀본부여. 그 나라의 공주에 이어

왕후, 또 왕으로 살다가 끝내 모든 것을 빼앗긴 채 고향 마저 등지고 떠나야 하는 심정이야말로 풀어 무엇하랴.

소서노는 정처 없이, 남으로 남으로 말을 몰면서도 미래에 대한 불안감에 앞선 분노를 삼키느라 어금니가 갈려 없어질 지경이었다. 목숨보다 소중한 두 아들이 없었더라면 결코 쉽지 않은 결단이고 행군이었다.

백제의 건국 시기는 언제이며, 시조는 누구인가

『조선상고사』에서는 소서노가 마한왕에게 뇌물을 바치고 서북쪽 1백 리 땅 미추홀과 하북 위례홀 등지를 얻어 자신이 왕을 일컫고 국호를 백제라 하였다고 기록한다. 드디어 소서노가 홀본에 이어 다시금 왕이 되었다는 내용이다.

하지만『삼국사기』,『동국이상국집』,『백제서기』,『백제왕기』등 어디에서도 당시 그녀가 백제의 왕좌에 올랐다는 기록은 없다. 오히려『백제서기』에서는 비류와 온조가 각기 다른 길을 통해 미추홀에 모였고, 비류를 왕으로 세운 뒤 나라 이름을 백제(百濟)라 했다고 되어 있다. "이어 소서노가 졸하자(B.C. 6) 온조가 청하여 비류에게 백성을 나누고 한산의 아래에 도읍을 정하여 나라를 세우니 이를 십제(十濟)라 하였다(B.C. 5)"라고 기록되어 있기에 이때를 온조 백제 원년으로 일컫는다.

반면, 『삼국사기』의 기록에서는 아예 고구려에서 남하하여 한산에 도착할 당시 비류와 온조가 의견이 맞지 아니하여 처음부터 분립한다. 비류는 미추홀로 가 백제를, 온조는 위례성에 십제국을 세운다. 이때가 B.C. 18년이며 이 해를 온조의 백제 건국 원년이라 말한다.

전혀 다른 기록도 있다. 당나라의 영호덕분(令狐德棻, 583~666) 등이 집필한 정사로 서위와 북주의 역사를 기록한 『주서(周書)』에는, 또 다른 인물을 백제의 시조로 기술하고 있다.

'백제는 마한의 속국이며 부여의 별종이다. 구태(仇台)라고 하는 자가 있어 대방에 나라를 세웠다고 한다. 또한 풍속에는 매년 4월, 시조인 구태의 사당에 제사를 지낸다.'

『삼국사기』「백제본기」에서도 『북사(北史)』와 『수서(隋

誓)』를 인용하여 온조 시조 기록에 반하는 또 다른 설을 잠시 언급하는데, 이때에도 동명의 후손 '구태'가 대방 지역에 나라를 세운 것으로 나온다.

여기서 구태는 우태의 다른 이름으로 보인다. 즉, 우태가 직접 백제를 건국하지는 않았으나 비류와 온조의 아버지로서, 그가 홀본의 왕이었던 시기까지 소급하거나 백제의 왕으로 추존되었음을 시사한다.

이렇듯, 백제의 건국 시조를 사서마다 각기 다르게 이르고 있기는 하나, 결국은 온조의 직계 후손들이 대를 이었기에 그를 온전한 백제 건국의 시조로 보는 것을 정설로 여기고 있다.

다만, 대부분의 사서에서 온조보다 앞서 홀본의 왕이었던 소서노, 백제의 왕이었던 소서노를 누락시킨 이유를 생각해 보아야 한다. 고구려의 시작을 홀본부여가 아닌 추모에게서 정통성을 찾고, 백제의 시작을 비류나 온조에게서 찾으려는, 당시 역사를 향유했던 남성 중심의 사관에서 비롯된 것으로 이해한다면 답이 나온다.

이에 대한 신채호의 주장은 이러하다.

"본기에 기록된 온조 13년(B.C. 6)은 곧 소서노의 연조요, 그 이듬해 14년이 곧 온조 원년이니, 13년으로 기록된 온조 천도의 조서는 비류와 충돌된 뒤에 온조 쪽 백성에게 내린 조서이고, 14년 온조 원년의 "한성 인민을 나누었다"라고 한 것은 비류, 온조 형제가 인민을 나누어 가지고 저마다 자기 도읍지로 간 사실을 말하는 것이다.(『조선상고사』)"

즉, 『삼국사기』에서 온조 14년이라고 말한 하남 위례성 천도 해인 B.C. 5년이야말로 소서노 또는 비류의 백제 시대가 끝나고, 미추홀의 백성과 위례성의 백성들이 통합되면서 진정한 온조의 백제가 시작된 때라고 보는 견해인 것이다.

『백제서기』, 『백제왕기』에서 『삼국사기』와 배치되는 내용이 등장하는 것 또한, 이 부분이다. 『삼국사기』의 온조 원년(B.C. 18)에서부터 소서노가 졸하기(B.C. 6)까지 온조가 왕으로서 행해온 일들을 전자에서는 비류가 행한 일로 기술하고 있기 때문이다.

백제 시조를 다루는 데에 있어 비류 백제 건국설은 소

서노 어라하 설과 맥락을 같이 한다. "(미추홀에서) 비류를 세워 왕으로 하였다"라는 『백제서기』의 기록으로 보아 재물을 털어 나라를 세운 이는 분명 소서노였는데도, 정작 왕좌에 앉은 사람은 비류다. 정확히 말하면 소서노가 건국하여 비류를 왕위에 앉혔다는 소리다.

동일한 문헌에서 소서노는, 왕손끼리의 혼인을 명하고, 온조와 감아의 혼례를 축하하는 자리에서 비류와 벽라에게 춤과 노래를 명하는 등, 왕실의 가장 큰 어른인 태후 역할을 한 것으로 보인다. 하지만 두 아들에게 영지를 나누어주어 왕으로 삼고, 제왕의 입장에서 실권을 행사하고 있는 것으로도 볼 수 있다. 앞서 『조선상고사』의 신채호 주장에 동의하는 이유다.

즉, 온조의 행적 중 소서노가 졸한 후, 비류에게서 백성을 나누어 새로운 도읍을 한산의 아래에 정하였다는 『백제왕기』의 내용과, 『삼국사기』에서 외침을 피해 한수의 남쪽으로 천도하였다는 바로 그 B.C. 5년을 온조가 십제국과 백제(伯濟)를 통합하여 국호를 백제(百濟)로 바꾼 해로 보고, 그 이전 B.C. 18년 ~ B.C. 6년의 미추홀 백제를 소서노의 시대로 보는 것이 마땅할 것이다.

미추홀 백제

소서노 일행은 고구려를 떠나 오랜 고행을 한 끝에 패수(浿水)와 대수(帶水) 두 개의 강을 차례로 건넜다. 그리고 드디어 한산(漢山)에 이르렀다. 하늘을 떠받드는 듯, 바위산 봉우리들이 우뚝우뚝 버티고 선 부아악(負兒嶽) 정상에 오르니 사방 천리 두루 내려다보였다. 서쪽으로는 멀리 바다요, 남으로는 한수가, 그 안에 너른 평원이 펼쳐져 있는 광경은 그야말로 가슴이 탁 트여 절로 웅혼한 기운이 떠올랐다.

소서노, 비류, 온조와 그들을 따르는 신하들은 어느 곳에 터를 잡고 살면 좋을지 함께 논의하기 시작했다.

"우리가 안착할 곳으로 어디가 마땅한가?"

소서노의 물음에 비류가 먼저 서쪽을 가리키며 말했다.

"소금을 구하기가 용이하고, 한나라를 비롯해 땅이 닿지 않는 여러 나라와 교역하기 쉬운 바다가 좋을 것이옵니다."

비류는 해변에 살기를 바랐다.

이에 신하 중 하나가 간하였다.

"이곳 하남의 땅은 북에 한수를 띠고, 동은 높은 산을 의지하였으며, 남은 비옥한 땅을 바라보고, 서로는 큰 바다를 격하였으니 천험지리(天險地利)가 얻기 어려운 지세이기에 이곳에 도읍을 이루는 것이 좋을 것입니다."(『삼국사기』「백제본기」)

소서노 또한 신하들의 의견이 옳다고 여겼다. 소금이야 구하기 쉽다지만 짜디짠 바다에 연한 땅을, 강에 연한 비옥한 땅과 비교할 수 없었다. 교역하기 좋다는 것은, 먼 나라의 외침에도 노출되기 쉽다 소리였다. 하지만 비류는 자신의 뜻을 꺾지 않았다. 비류가 장남이자 과거 태자였고, 남하를 결행하는데 가장 비장한 마음으로 앞장선

이였으니 그의 뜻을 무시할 수도 없었다.

일단 터를 잡을 땅부터 얻어야 했다. 소서노는 목지국(目支國)으로 향하였다.

목지국은 마한의 54개 부족국 중에서 가장 강대한 맹주국이었다. 마한을 대표하는 국가이자 변한·진한 24국 가운데 12국이 신하로서 예속하였다. 그 왕은 삼한 전체를 대표하는 진왕(辰王)의 권위를 가졌다.

소서노는 진왕을 만났다. 그녀는 왕과 독대하여 설득하였다. 왕은 그녀가 내민 많은 금은보화를 받고 나서야 거래를 받아들였다. 덕분에 그의 땅 일부인 서북쪽 1백리 땅 미추홀(彌鄒忽)과 하북 위례성(慰禮城) 등지를 얻어 도읍을 정하게 되었다.

드디어 나라를 건국하게 되니 소서노는 스스로 어라하(於羅瑕, 백제 왕의 호칭)가 되어 국호를 백제(伯濟)라 하였다. '백'은 맏이라는 말이니 우두머리가 강을 건너왔다는 뜻이다. 소서노를 일컬음이었고, 또한 맏이인 비류를 이르기도 하였다.

수나라의 역사를 기록한『수서』백제전에는 이들이 처

음 백여 호의 사람들로 바다 건너 도읍을 정하였기에 백제(百濟)라 하였다고 되어 있다. 이때의 '백'은 일백을 뜻하며, 이후 십제국과 비류의 백제를 통합한 온조의 백제를 이른다.

소서노는 바다에 연한 미추홀을 비류에게, 강과 평원이 너른 위례성은 온조로 하여금 다스리게 하였다. 온조는 위례성을 따로 십제국이라 이름하였다.

형제 왕은 일종의 담로왕(擔魯王)인 셈이다. 왕자나 왕족을 파견하여 다스리던 지방 행정 구역을 담로라 하였는데 소서노는 영지를 나누어 두 아들을 각기 왕으로 두고 그 위에서 제왕으로 군림한 것이다. B.C. 18년의 일이다.

이렇게 초기 미추홀 백제, 소서노의 백제, 비류의 백제 건국 역사가 시작되었다. 이후에 기술되는 왕은 소서노일 수도, 비류일 수도 있다. 『백제서기』, 『백제왕기』, 『삼국사기』에 동일한 내용이 기술되어 있으나, 『삼국사기』에서의 왕은 온조다.

같은 해 5월, 왕이 동명묘를 세웠다. 부여 시조 동명의 사당을 짓고 제를 지냈다.

다음 해 갑진 정월, 왕이 연접해 있는 말갈을 대비하기 위해 여러 신하를 모아 의논하였다.

"말갈은 우리 북쪽 경계에 연접하여 있고 (그들은) 용감하고 속임수가 많으니 마땅히 병장기를 수선하고 양곡을 저축하여 막아 지켜야 한다."라고 하였다.

북쪽 경계에 널리 퍼져 살고 있는 말갈은, 호전적인 민족인 만큼 부족한 식량을 확보하기 위해 주변국을 시도때도 없이 침탈하였다. 고구려를 비롯하여 부여, 신생국 백제에 이르기까지 항시 골칫거리로 여겨졌다.

이때 군신들이 입을 모아 대답하였다.

"을음(乙音)이 아니면 불가하옵니다."

이즈음 옛 홀본의 구신들 중에서 뒤늦게 남하하는 이들이 있었다. 을음도 그중 하나였다.

을음은 앞서 언급했듯이, 소서노와 동모 남매다. 연타발에 앞서 홀본의 왕이었던 을족의 아들이라는 주장, 을류와 샛서방 사이의 아들이라는 주장이 있다.

일찍이 소서노에게 추모를 맞이하여 남편으로 삼으

라고 간언하였던 이도, 유리를 받아들이도록 조언한 이도 을음이었다. 잘못된 선택이라 여겼던 상황들을 부추긴 원흉일 수 있었다. 하지만 소서노 또한 이 모든 선택의 책임이 자신에게 있음을 잘 알고 있었다. 그녀는 을음을 신뢰하였으며, 그의 진득한 성품과 뛰어난 식견을 높이 샀다. 특히 말갈의 습속과 전술에 정통한 그라면 충분히 적을 막아낼 수 있으리라 여겼다.

3월, 을음은 우보(右輔)에 올랐다. 우보는 고구려의 관직을 그대로 가져온 것으로 병마, 즉 군대, 무기, 전쟁에 관한 나라 안팎의 일을 총괄하는 직책이다. 내정을 맡은 좌보의 다음 가는 관직이며, 고이왕 27년(260년), 16관등· 6좌평(佐平)으로 관직이 정비되어 폐지될 때까지 존속하였다.

을음의 활약에 힘입어 재위 3년(B.C. 16) 을사 9월, 말갈이 북쪽 경계에 쳐들어왔을 때 그들을 상대로 대승을 거두었다. 왕이 강병을 거느리고 급히 쳐서 이를 대파하였는데 적의 생환한 자가 열에 한둘이었다. (『삼국사기』「백제본기」온조왕 편)

다만 이 전쟁을 기술하는 데에 있어 『백제왕기』 비류왕 편에는 왕(비류)이 직접 군사를 이끌고 나간 것으로 되어 있는데, 『백제서기』에는 비류가 온조에게 말갈을 격퇴하도록 명한 것으로 기록하였다. 그리고 이때, 온조의 부인인 감아 역시 갑옷을 입고 출정해 큰 공을 세웠다. 물론 다시 말하지만, 『삼국사기』에서의 왕은 온조를 가리킨다.

잠시 온조의 부인 감아에 대해 설명하고자 한다. 『삼국사기』에는 그 이름과 출신이 나오지 않지만 『백제서기』와 『백제왕기』에 남아 있다.

감아는 추모와 소서노 사이의 딸이다. 고구려 출신의 여장부답게 말을 타고 활쏘기에 능숙하였다. 을음이 미추홀로 남하할 때 함께 내려왔다. 이유는 유리 때문이었다.

유리는 왕이 된 후, 감아마저 자신의 후궁으로 삼았다. 유리와 감아는 이복 남매인 셈이다. 유리의 왕후인 아이는 몹시 분통했다. 송화에 이어 자신의 동복 자매마저 후궁으로 들인 유리의 행동에 치를 떨었다.

유리가 처음 송화를 후궁으로 들였을 때에도 그녀는

질투를 견디지 못하여 소서노를 따라나서려고 한 바 있었다. 당시 이를 막은 것 또한 을음이었다.

"소인(小人)은 어려움을 참지 않습니다. 큰 뜻을 위해서라도 왕후의 도리로써 부왕(夫王)의 뜻을 순종하여 따름이 옳을 것이옵니다."

그렇게 을음의 의견을 받아들여 이를 악물고 버텨내었지만, 이번에는 참지 못하고 감아에게 말하였다.

"나는 이미 (유리가) 속이는 것을 보았으나, 후회해도 돌이킬 수 없다. 너는 마땅히 태후를 따라서 동모 오라비에게 귀의하여야 할 것이다."

유리에게 속았다는 것은, 과거 유리의 감언이설에 속아 비류가 아닌, 유리의 편에 섰던 것을 말함이다. 어머니 소서노를 비롯해 오라비인 비류와 온조마저 고향을 등져야 했다. 모두 유리가 꾸민 일이었다. 유리는 그들을 고구려 땅에서 더 이상 살 수 없게끔 내몰았다. 그러나 가슴을 치며 후회한 들, 소용이 없었다. 그녀는 이미 유리의 왕후였고, 그와의 사이에 태자 도절을 낳았다. 왕후로서의 황홀한 지위, 아들을 왕위에 올려 태후로서 누릴 수 있는 권세, 이 모든 것을 버리면서까지 소서노를 따라갈 수는 없었다.

감아는 달랐다. 자식도 없거니와, 속내 유리가 의롭지 않고 속임수를 많이 쓰는 것을 역겨워했다. 아이의 부추김이 아니더라도 더 이상 고구려가 그들 일족에게 평안과 행복이 넘치는 낙원일 수 없음을 알았다. 이는 을음을 따라 소서노가 있는 미추홀로 향한 이유였다.

소서노와 비류는 감아를 반갑게 맞아들였다. 그녀를 동명수 아래에서 온조와 혼인시키고 군신들과 함께 큰 잔치를 벌였다. 소서노는 그 자리에서 비류와 그의 왕후인 벽라(碧蘿)에게 춤과 노래를 부르라 명하였다.

비류의 노랫소리가 잔치의 흥을 돋웠다.

"나의 어머니를 왕으로 받들어 모시고, 나는 나의 동생을 매우 사랑하여, 나의 여동생을 품도록 하였다. 우리의 자손들에게 즐거움이 무궁무진하기를 바라니, 후인들아, 효도와 우애를 논하려거든 반드시 이 노래를 교훈으로 삼아라."

비류는 고구려 태자 시절에 행인국 왕녀인 벽라와 혼

인하여 딸 셋을 두고 있었다. 아들은 없었다. 소서노는 온조와 감아 사이에서 태어난 아들 다루(多婁)에게 벽라의 딸 와씨(蛙氏)와 혼인하라 명하였다. 이는 왕족의 혈통을 지키고 번성시키기 위한 당연한 조치였다.

다루는 온조에 이어 왕 위에 오르게 되며 제3대 기루왕을 낳았다.

어라하의 치세

재위 4년(B.C. 15) 병오, 봄과 여름에 가물어 기근이 들고 전염병이 돌았다. 왕이 곤경에 처한 백성들을 순무하였다. 그들의 소리를 듣고 위로하였지만 말이 필요 없는 상황이었다. 곧 나라의 곳간을 열어 곡식을 나누었다.

8월에 사신을 낙랑(樂浪)에 보냈다. 『백제서기』에는 "낙랑은 진한의 부족 중 하나로 백제의 동남쪽 경계에 있었다"라고 기록되어 있다.

'백제의 동남쪽, 진한의 부족 중 하나'라고 하는 위치로 보아 고조선을 멸망시키고 한나라가 설치해 놓은 한사군 중 하나인 낙랑군과도, '자명고'로 잘 알려진 최리의 낙랑과도 전혀 무관한 낙랑이었을 것으로 보인다.

진한의 낙랑 또한 마한을 섬기고 말갈과 다투는 까닭으로 백제와의 우호에 적극적으로 동조하였다. 하지만 낙랑과의 우호관계도 오랫동안 지속되지는 못하였다. 이 또한 말갈 때문이었다.

백제는 대내외적으로 안정적인 나라의 기틀을 잡기 위해 적극적으로 타국 백성들에 대한 포용 정책을 쓰기 시작했다. 정치가 백성을 위하여 제대로 돌아가니 여러 나라의 백성들이 하나둘 유입되었다. 기존 토착민들과 소서노를 따라온 홀본의 유민들, 이에 더해 다른 나라 백성들까지 찾아들어 그 수가 늘어나자 갈아 먹을 땅이 더 필요하게 되었다.

재위 5년(B.C. 14) 정미 4월, 온조를 목지국으로 보냈다. 당시 진왕은 주색에 빠져 백성들을 돌보지 않았다. 가뭄이 들어도 구휼하지 않았다. 말갈과 낙랑, 가야가 호시탐탐 변경을 노려 강역이 날로 줄어드는데도 막아낼 능력도, 의지도 없었다. 소서노는 이 기회를 이용하여 진왕과 거래를 하기로 하였다.

"어라하를 대신하여 대왕께 청을 드리고자 왔소."

"무엇이오?"

"백제의 백성들이 날로 늘어나니 그들이 안주하여 살 땅이 더 필요하오. 원컨대 우리에게 동북 1백 리의 땅을 빌려주실 수 있겠소?"

"지난번에 넘겨준 서북쪽 1백 리 땅이 부족하다는 말이오?"

"그렇소."

"거래에는 대가가 필요한 법. 그대의 나라에서는 내게 무엇을 줄 것이오?"

"마한의 강역을 침탈하는 말갈과 낙랑, 가야를 우리가 대신하여 막아드리겠소."

진왕은 흔쾌히 받아들였다.

온조는 분위기를 보아 준비한 또 다른 제안도 덧붙였다.

"적을 막자니 더 많은 무기를 만들어야 할 것이오. 대왕의 땅에서 철을 캐내어 무기를 주조할 수 있도록 해주시면 좋겠소만…."

진왕은 이 역시 받아들였다. 이어 온조에게 후한 대접

까지 하여 돌려보냈다.

그렇게 선선히 온조의 제안을 받아들인 진왕의 의중은 따로 있었다. 어차피 말갈과 낙랑이야 공동의 적, 자신의 땅을 붙여 먹고 사는 백제가 대신 막아준다면야 바랄 나위 없이 편한 일이었다. 그 외에 또 다른 흑심이 있었으니 백제 왕에게 환심을 사서 미인이나 얻겠다는 수작이었다. 그 상대는 다름 아닌, 절세미인이라 소문난 비류의 왕녀였다.

11월 진왕은 정식으로 사신을 보내어 국혼을 청하였다.

"어찌 하오리까? 진왕으로 하여 어렵게 동북 1백 리의 땅을 얻었사온데…."

비류는 몹시 난처했을 것이다.

주색에 여색까지 밝히는 진왕이 아닌가. 그런 자가 애지중지 키운 비류의 딸을 자신에게 시집보내라 하는 게 불쾌하고 역증이 나는 일이었다. 하지만 나라의 근본인 영토까지 빌려준 그의 요청을 쉽게 내칠 수도 없는 일이었다. 어떤 식으로 무마할 것인가, 고심해야 했으리라.

"진왕이 아직은 삼한의 패자라고는 하나, 국력이 쇠락하여 조만간 패망이 눈에 선하다. 왕의 딸, 누구라고 그런 자리에 시집 보내 망국의 설움을 겪게 할 것인가? 거저 얻은 것도 아니고, 받은 만큼 주기로 한 공평한 거래였으니 더 이상 얽힐 필요는 없는 것이다."

소서노라면 그런 해답을 주지 않았을까.

비류는 왕녀의 나이가 어리다는 이유를 들어 정중히 거절하였다.

모든 것이 순탄했다. 곡식이 잘 여물어 백성들의 배를 채우고, 나라를 세우느라 비워졌던 나라의 곳간도 차곡차곡 채워졌다. 백성들은 왕실을 믿어 안심하고 제 몫의 일에 충실하였다. 이러한 나라를 다스리는 어진 어라하를 찬양했고, 두 형제 왕에게 감사하였다.

감아가 둘째 아들 마루(馬婁)를 낳았다. 귀한 손이 점점 늘어나니 더할 나위 없이 기쁜 일이었다. 다만, 장남인 비류와 벽라에게 왕자가 없어 아쉬웠다.

특히 벽라의 처지에서는 미추홀로 내려와 참으로 일

이 많았다. 남하하여 터를 잡고 사는 내내, 왕을 비롯한 장수와 병졸들의 식사까지 모두 자신이 직접 관리하였다. 이른 새벽부터 늦은 밤 잠들 때까지 쉴 새 없이 일을 하여 낮에는 늘 피로한 기색이 그득하였다. 아마도 그 탓이었을까? 벽라가 병을 얻어 죽었다. 그녀의 나이 34세였다.

그녀의 죽음에 지위 고하를 막론하고 모두가 슬퍼하였다. 특히 비류의 애통함은 이루 말할 수가 없었다. 아직은 부부가 한창 도타운 정을 나눌 때였다. 어미에게 효도하고 동서 간의 우애가 깊어 황실이 두루 화평할 수 있도록 주도하던 이가 바로 벽라였다. 빼어난 미모에 태임(太任)의 덕을 갖췄다 칭송받던 그녀였다.

태임은 주나라 문왕의 어머니다. 왕을 임신했을 때 눈으로는 나쁜 것을 보지 않고 귀로는 음란한 소리를 듣지 않으며 입으로는 거만한 소리를 내지 않았다고 하여 바르고 참되고 엄격한 여인으로 존경받았던 인물이다. 벽라가 그만큼 인품이 훌륭한 왕후였다는 평가다.

하지만 왕후가 죽었다 하여 자리를 비워둘 수는 없는 법. 군신들이 비류에게 새로운 후를 받아들이라 청하였다.

이에 왕이 참지 못하고 역정을 냈다.

"부부 사이에는 마땅히 지켜야 할 도리가 있거늘, 비록 따르지 못하였다 할지라도 어찌 뜨거움이 채 식지도 않았는데 잔인하게 재취하라 말하는가?"

이 소리를 들은 소서노는 자신을 책하는 것으로 듣고 슬퍼하였다.

"내가 비류에게 죄가 있음이로다."

온조가 그녀를 위로하였다.

"어머니가 재혼한 것이 어찌 죄가 되겠습니까? 형님이 재혼하지 않은 것 또한 상을 받아 마땅한 선(善) 중의 선입니다. 아마도 형수를 사랑하는 마음이 지나쳐 (때가) 아닐 뿐입니다."

벽라는 죽기 직전 왕에게 다음과 같은 유언을 남겼다.

"소첩이 죽더라도 다시 장가들지 마십시오. 만약 국정에 있어 후계 문제가 거론된다면 제왕(弟王)의 아들 다루를 양자 삼아 나라를 이으면 될 것이오, 안 살림이라면 여자의 순서에 따라 맡기십시오."

비류는 그 유언에 따라 다루를 양자 삼았다. 16세가 된 장녀 총희와 더불어 군읍을 살피고 수졸을 위로하며 벽라의 일을 대신하게 하였다. 나머지 황실의 의복, 음식, 잠자리 등은 감아로 하여 살피도록 하였다.(『백제서기』)

전쟁 또 전쟁

B.C. 11년 경술 2월, 말갈병 3천 명이 삽시간에 위례성을 포위하였다.

이 또한『삼국사기』,『백제왕기』에 전자에서의 왕은 온조요, 후자에서는 비류로 하여 같은 내용이 기술되어 있다. 그렇다면 소서노가 이 모든 것을 지휘하였으리라보는 것이 옳을 것이다.

말갈병의 침입에 군신들은 모두 나아가 결사적으로 싸울 것을 주장하였다.

을음이 반대하였다.

"아니 되옵니다, 폐하. 성문을 닫고 수성하셔야 하옵니다."

을음보다 말갈에 대해 잘 알고 있는 전문가도 드물었다. 다만 이제껏 잘 싸워오던 말갈과의 싸움을 피하려는 연유를 알 수 없었다.

왕이 되물었다.

"우보, 나아가 쳐부술 계책을 모색하지 않고 어찌 싸움을 피하라 하는 것이오?"

"맞서 싸우는 것만이 능사가 아니옵니다. 적의 군 3천이면 우리의 백성, 늙고 어리고 병약한 이들까지 모두를 합친 수와 같사옵니다. 아군보다 적의 수가 많으면 절대 나아가 싸우는 정공법을 피해야 한다는 것이 병법의 기본 중의 기본이옵니다. 또한 적이 성문 앞에 이르렀다는 사실은 이미 지경이 뚫린 것이니 첫 번째 싸움은 이미 졌다고 보셔야 하옵니다."

을음의 말에 왕이 발끈하였다.

"우보, 그게 무슨 말이오? 아직 싸워보지도 않았는데 이미 졌다니? 우리 군의 사기를 꺾는 소리 아니오!"

"당치 않은 말씀이옵니다. 아군이 수적 열세라 하여도 방법은 있사옵니다. 지형을 이용하고 군심을 이용하는 것이지요."

"지형을 이용하고 군심을 이용한다?"

"아군은 현재 지형적인 우위를 점하고 있사옵니다. 그들은 우리의 상황을 볼 수 없지만, 우리는 얼마든지 위에서 그들의 상황을 살필 수 있고, 원치 않으면 성문을 닫고 싸움에 응하지 않아도 된다는 말씀이옵니다. 성 안에는 먹을 양식이 많고 물도 충분하지만 성 밖은 동절기 막바지여서, 벌판에 씨나락 한 톨 남아 있지 않은 상황이옵니다. 양식을 찾아 쳐들어온 적이옵니다. 그들이 스스로 굶주림에 지쳐 물러날 때까지 퇴각로를 열어놓고 기다리시옵소서. 적이 달아나는 바로 그때 뒤쪽을 치면 아군은 피를 보지 않고도 적을 쉽게 무너뜨릴 수 있을 것이옵니다."

그제야 왕도 무릎을 쳤다. 모두 그의 의견에 일리가 있다고 여겼다.

"성문을 닫아라! 아무도 나가 싸우지 말라!"

을음의 주장대로 성문을 굳게 닫고 기다렸다. 연일 말갈 병사들이 성문 앞으로 달려와 도발하였지만, 맞서 싸우지 않았다. 투석이 시작되고, 충차에 달린 파성추가 성문을 부수기 위해 수차례 몰아쳤지만 이중삼중으로 구축된 단단한 성벽, 튼튼한 나무 위에 강철을 덧댄 성문, 성벽 위에서 내리붓는 뜨거운 기름 때문에 적은 쉽게 접근하지 못하고 공세가 점점 약해져갔다.

열흘이 지났다. 적의 진영에서 밥 짓는 연기가 올라오지 않았다. 적의 양식이 모두 떨어졌다는 의미다. 말갈은 을음의 예상대로 공성을 멈추고 퇴각하기 시작했다.

"이때다! 한 놈도 놓치지 말고 격살하라!"

왕은 때를 놓치지 않고 성문을 활짝 열었다. 미리 대기하고 있던 백제의 날랜 군사들이 일제히 달려 나가 말갈 병사들을 쫓았다. 치열한 백병전은 필요 없었다. 허기에 지친 말갈 병사들은 싸울 기력을 다해 달아나기에 급급했다. 그간 푹 쉬고 잘 먹은 백제의 군사들은 대부현까지 쫓아가 말갈병 500여 명을 죽이거나 사로잡았다. 나머지 적들은 뿔뿔이 흩어져 달아났다. 이번에도 대승이었다. 성 안의 백성들이 왕을 연호하며 기뻐하였다.

하지만 문제는 여전히 남아 있었다. 사방에 흩어져 사는 수많은 말갈족이 이 정도에서 포기하지 않을 것이라는 사실이었다. 대신 더 이상 적이 문전까지 이르게 해서는 아니 되었다. 7월에 마수성(馬首城)을 쌓고 병산(甁山)에 목책을 세우게 된 이유다.

이번에는 그 일로 낙랑 태수가 사신을 보내왔다.

"근자에 사신을 보내어 우호적인 관계 맺기를 청하기에 일가와 같이 여겼거늘, 지금 우리 강역 가까이 성책을 만들어 세우니 혹시 잠식할 계책이 있어서가 아닌가? 만일 지금까지의 구호를 저버리지 않고 성책을 헐어 버린다면 의심할 바가 없겠지만 그렇지 않다면 싸워서 승부를 결정하여야 할 것이다."

"적의 침입을 막기 위해 성책을 쌓는 것이 어찌 잘못이란 말인가?"

소서노가 대노하여 고함을 질렀고, 비류가 낙랑 태수에게 회답을 보냈다.

"요새를 갖추어 나라를 지키는 것은 고금의 상도이거늘, 어찌 이로써 화평하고 좋은 사이에 변함이 있을 것인가. 조금도 의심할 바가 아니다. 만일 태수가 강함을 믿어 군사를 낸다면 우리도 이에 응수할 것이다."

낙랑 태수는 백제의 저의를 순수하게 받아들이지 않았다. 신뢰가 깨진 이상, 백제 또한 더 이상 낙랑과의 합의가 무의미하다고 여겼다. 그렇게 낙랑과의 우호관계는 깨어지고 말았다.

재위 10년(B.C. 9), 비류가 사냥을 나가서 신록을 잡아왔다. 이를 진왕에게 보내도록 하였다. 더 이상 낙랑의 눈치는 볼 필요 없이 목지국과의 결속을 다지겠다는 의미였다.

10월에 말갈이 다시 북쪽 경계를 노략질하기 시작했다. 성책을 쌓았다고 말갈과의 전쟁이 끝난 것은 아니었던 것이다. 말갈은 백성들이 거둔 곡물을 한 톨 남김없이 쓸어갔다. 늙고 젊음을 떠나 여인들이라면 보이는 족족 잡아갔으며 취할 수 없는 것들은 불태워 버리는 등 사정없이 분탕질해댔다. 국경에 사는 백성들의 원성이 빗발쳤다. 더 이상 두고 볼 수만은 없었다.

왕은 군사 200을 보내어 곤미천(昆彌川) 상류에서 막아 싸울 것을 명하였다. 하지만 말갈도 이 전처럼 쉽게 물러나지 않았다. 백제군은 결국 패배하여 청목산(靑木

山)까지 밀렸다. 그곳에서 사력을 다해 겨우 버티어 내기는 했지만 언제 무너져도 이상할 것 없는 위태한 형국이었다.

왕은 직접 정예 기병 100명을 구원병으로 이끌고 봉현(烽峴)으로 갔다. 치열한 백병전 끝에 말갈을 물리쳤다.

소서노는 두 형제 왕과 군사들의 노고를 치하하고 상을 내렸다.

그러나 이번에도 평화는 그리 오래가지 않았다. 다음해에는 아예 낙랑이 말갈을 부추겨 병산책을 깨뜨리고 말았다. 백제의 백성 100여 명을 죽이고 노략질하였다.

7월에 독산(禿山)과 구천(狗川)에 두 목책을 다시 세웠다. 이번에는 말갈이 아닌, 낙랑이 침입하는 길을 막기 위함이었다.

모왕(母王)의 죽음

따뜻한 남쪽 미추홀에도 한파가 몰려들고 눈이 내리기 시작했다. 봄이 되어도 만년설이 녹지 않고 얼음 얼은 날이 더 많아 뼈가 시릴 정도로 추웠던 동토인 홀본이 하염없이 그리운 날이었다.

소서노는 초목이 얼어붙어 녹음이 사라진 벌판을 바라보았다. 그처럼 너른 홀본의 분지를 가로질러 아버지에게 말 타는 법을 배우고, 우태와 함께 사냥을 다니던 기억들이 떠올랐다. 전에 없던 눈물이 두 볼을 적셨다. 자신이 늙은 것 같다는 생각이 들었다.

"나의 조국 홀본이여… 이제는 다른 이름이 되어 영영 나를 잊었는가?"

유리의 배신을 떠올리니 다시금 분이 치받쳤다. 10년 전의 일이 떠올랐다. 미추홀에 자리 잡은 지 3년(B.C. 16), 온조와 감아가 말갈을 상대로 대승을 거두고 돌아온 지 얼마 되지 않은 때의 일이다.

"태후 폐하, 고구려에서 온 사신이 뵙기를 청하옵니다."

"들라 하라."

그녀는 시중의 목소리에 대뜸 사신을 불러들였다. 혹여 첫째 딸 아이에게 무슨 변고라도 생겼는가 싶은 우려 때문이었다. 아무리 연을 끊은 자식이라 할지라도 염려를 놓지 못하는 것이 어미의 마음이 아닌가.

아쉽게도 사신은 아이가 아닌, 유리가 보낸 자였다. 사신은 그녀에게 왕의 친서와 함께 공물을 바치며 엎드려 절하였다.

"무슨 일이냐?"

"태후 폐하를 뵈옵니다. 고구려의 대왕 폐하께오서는 고구려 창업에 큰 공을 세우신 태후 폐하를 모시지 못하는 불효를 몹시도 안타깝게 여기고 계시옵니다. 부디 오해를 풀고 환도하시기를 간청드리옵니다."

갑자기 그녀의 속에서 뜨거운 것이 울컥 솟구쳤다. 이어 서슬 퍼렇게 대갈하였다.

"무어라? 나를 태후의 자리에서 내쫓고, 나의 아들들을 홀본 땅에서 몰아내더니 이제 와서 환도하라? 감히 나를 또 다시 기망하려는가?"

사신은 그녀의 위세에 눌려 머리를 바짝 조아렸다.

"화, 황공하옵니다, 태후 폐하."

"대체 무슨 꿍꿍이 수작이냐? 듣자 하니 그대의 왕이 송씨 여식의 상을 당했다지? 그럼에도 얼마 되지 않아 이번에는 화희와 치희 두 여자에게 장가 들어 내 딸의 마음을 또 한 번 다치게 하였다는 소식을 들었다. 그런 호색한을 내 어찌 보길 바라겠느냐? 선왕은 비교할 것 없는 영웅이셨다. 또한 오로지 나만을 좋아하여 다른 여자를 마음에 두지 않았다. 너희 왕도 마땅히 그 점을 알아 각성해야 할 것이다!"(『백제서기』)

그녀는 사신을 궁 밖으로 내치라 명하였다.

"배역한 자. 왕의 적자라는 이유로 품어준 은혜를 배신하더니 이제는 감히 이 소서노를 오라가라 해? 본보기로 사신의 목을 쳤어야 하는 건데…."

오래전의 일이었건만, 여전히 생각만 해도 치가 떨리는 일이었다.

그녀는 백제를 바로 세워 언젠가 고구려를, 자신의 홀본을 되찾고야 말리라 다짐하곤 하였다. 자신이 아니 되면 후대에서라도 그리할 수 있도록 백제를 온전히 세우고자 각고의 노력을 다했다.

그렇게 과거를 되새기며 분을 삼키고 있는 사이 하얀 눈송이가 날리기 시작했다. 티끌조차 묻지 않은 새하얀 눈을 바라보고 있으려니 이상하리만치 화가 누그러드는 기분이 들었다.

"그래, 다 지난 일이다."

우태와 불같은 사랑을 나눈 것도, 추모를 두 번째 낭군으로 맞은 것도, 홀본부여의 왕좌를 추모에게 내준 것도, 추모의 아들을 받아들인 것도, 그리하여 홀본부여는 완전히 사라지고 그 땅 위에 새 왕조가 선 것도 모두 그녀의 선택이었다. 후회라면 큰 후회일 수 있었다.

하지만 그녀는 그 어떤 모진 상황에서도 무엇이 우선인지를 잊은 적이 없었다. 그녀의 선택은 모두 자식을 위함이었고, 백성들이 둘로 갈라져 피를 흘리는 것을 막아야 한다는 것이었다.

결과적으로 자식들은 훌륭히 자랐고, 그들에게 남겨줄 또 다른 국가를 건국하여 그 초석을 마련할 수 있었다. 더 이상의 후회는 무의미했다.

사랑도, 미움도, 분노도 모두 저 혼자 짊어지고 갈무리하면 모두가 평안하리라.

"사랑하는 나의 비류, 온조, 아이, 감아, 그리고 소중한 나의 왕손들이여.

나의 조국 홀본을, 내가 지키고자 했던 고구려를 이제 잊어도 좋다. 대신 나와 함께 너희가 건국한 백제를 온 힘을 다해 지켜다오. 백성들을 귀하게 여기고 그들의 말에 귀 기울이며 그들의 굶주리고 빈한한 삶을 긍휼히 여기는 마음을 잊지 말아다오. 왕이 없는 나라는 있어도, 백성 없는 나라는 없으니 백성이 곧 국본이라는 사실 또한 잊어서는 안 되느니….

아, 하늘이시여. 부여의 시조 동명제시여. 부디 이들이 세상의 큰 뜻을 펼칠 수 있도록 지켜주소서. 대대손손 백성들의 어버이로서 부끄럽지 않게 살게 하소서. 부강한 나라를 만들어 평안하게 살게 하소서. 그들이 흘린 피 한 방울이라도 모두 대지에 뿌려져 이 땅을 풍요롭게 하소서.

그리고 이제는 이 사람을 거두어 전 남편 우태의 곁으로 데려가소서. 그의 자식들을 무사히, 훌륭하게 키워냈다고 칭찬을 해주겠지요. 부디 그의 곁으로 보내주소서."

소서노 13년(B.C. 6) 을묘 2월, 늙은 할멈(嫗, 소서노)이 남자(男, 장수)가 되자, 호랑이 다섯 마리가 성 안으로 들어왔다. 왕이 동명수(東明樹) 아래에서 제사(禳)를 지냈다. 얼마 지나지 않아 태후가 병이 들어 돌아가셨다. 그녀의 춘추는 61세였다. 나라 사람들이 소서노의 사당을 세우고 제사를 지냈다. 후는 연타발(延陁勃) 대왕의 셋째 딸로 키가 크고 아름다웠다. 떠오르는 태양과 같은 권세가 있어 수차례 난인(卵人, 영웅)들을 길렀다. 우태왕과 더불어 홀본국을 다스려 인심을 얻었으며, 추모왕과 고구려국을 다스리며 나라 사람들의 기대를 받았고, 유리가 배반하자 다투지 않고 나라를 맡겼다. 결국 두 아들과 남쪽으로 건너와 백제국을 다스렸다. 태후는 3국(홀본, 고구려, 백제)의 백성들에게 모두 신처럼 존중되었다.(『백제서기』 비류왕 편)

온조왕의 백제

소서노가 승하한 후, 온조는 천도를 준비한다.

앞서 언급했듯, 『백제왕기』에는 온조가 비류에게 허락을 받아 백성을 나누고 마한에서 옮겨 살 땅을 빌린 뒤, 한산 아래에 도읍한 것으로 되어 있다. 반면, 『삼국사기』에는 비류와 별개로 자신이 다스리던 위례성의 민호를 옮겨 한산 아래로 천도하였다고 기록한다. 그런 이유로, 기존의 위례성을 하북 위례성, 천도한 곳을 하남 위례성이라고 부르기도 한다.

온조는 이미 담로왕으로 위례성을 다스리고 있었다. 즉, 도읍하여 나라를 세운 것이 아닌, 천도가 맞다. 이 부분의 내용만 보아서는 『삼국사기』의 내용이 신뢰할 만하다. 다만, 천도한 때를 백제 건국 원년으로 보느냐, 그 이전 하북 위례성 때부터를 건국 원년으로 보느냐가 관건이다.

온조의 천도 과정에 대한 『삼국사기』의 기록을 인용해보겠다.

B.C. 6년 5월, (온조)왕은 한수 남쪽을 순행하고 돌아왔다.

이때 신하에게 이르기를,

"우리나라의 동에는 낙랑이 있고, 북에는 말갈이 있어 영토를 침노하니 편안한 날이 적다. 하물며 이제 불길한 징조가 자주 나타나고 국모가 돌아가시니 스스로 편안할 수 없는 형세라, 반드시 나라를 옮겨야 하겠다. 내가 어제 나아가 한수의 남쪽을 순관하였는데, 땅이 기름져서 마땅히 거기에 도읍을 정하고 구안(久安)의 책을 도모할 것이라."라고 하였다.

온조는 천도의 뜻을 밝힌 뒤, 서둘러 일을 진행하였다.

7월에 한산 아래에 책을 세우고 위례성의 민호를 옮겼다.

8월에는 마한에 사신을 보내어 천도를 고하고 강역을 획정하였다. 북은 패하(浿河)에 이르고 남은 웅천(熊川)에 한하며, 서는 대해(大海)에 이르고, 동은 주양(走壤)에 이르렀다.

9월에는 성궐을 세웠고 B.C. 5년 정월, 드디어 하남 위례성으로 천도하였다.(『삼국사기』「백제본기」 시조 온조왕 조)

이렇게 소서노가 승하한 후, 온조가 천도하였다. 비류가 미추홀에 도읍한 것을 후회하며 돌아와 죽으니 이로써 양립하였던 두 나라가 병합되어 새로운 백제가 건국되었다. 700년 가까운 역사를 자랑하게 되는 완전한 백제, 온조 백제 시대의 시작은 그렇게 완성되었다.

이후 온조는 소서노의 유훈에 따라 백성을 순무하고 돌보기를 게을리하지 않았다. 농업과 잠업을 장려하고 백성들의 부역을 줄여주기도 하였다.

말갈이 침략해 오자 칠중하(七重河)에서 추장 소모를 사로잡고 나머지 말갈적을 갱살하는 등 수차례 전투에서 적을 물리쳤다. 웅천책(雄川柵)을 세운 것을 나무라고, 땅을 빌려주었다는 이유로 상국 행세하는 마한(목지국)을 끝내 멸망시켰다.

『삼국사기』, 『조선상고사』 등에는 건국 당시 소서노에게 땅을 빌려준 왕의 나라도, 온조왕 치세에 멸망한 곳도 '목지국'이라 하지 않고, '마한'이라고만 하였다. 다만 "(온조)왕이 군사를 내어 겉으로는 사냥을 한다 하고 몰래 마한을 쳐서 드디어 그 국읍을 병합하였으나, 다만 원산과 금현의 두 성은 고수하여 항복하지 않았다. …중략… 두 성이 항복하므로, 그 성민을 한산 북쪽으로 옮겼다. 마한은 드디어 멸망하였다."라는 기록이 있다. 멸망한 나라로 마한 전체를 지목하였기에 백제 건국 당시 땅을 빌려줄 정도의 큰 나라로 마한의 중심국이자 맹주국인 목지국을 지목하게 되었다.

그에 반해 이후에도 중국 사서에 마한과 목지국이 등장하는데 이를 들어 백제 온조왕 당시 멸망한 마한은 54개 연맹 중 일부일 것이라는 주장이 있다. 제8대 고이왕(古爾王, ?~286) 대에 진한(辰韓)의 8국을 분할하는 문제로 마한과 낙랑 · 대방군(帶方郡) 사이에 전쟁이 일어났으며 이때 목지국의 힘이 약화된 틈을 타 백제가 이를 제압하였다는 기록 또한 있어 이 주장을 뒷받침하기도 한다.

다만, '멸망'이 아닌, '복속'이라면 이야기가 달라진다. 마한을 복속시켜 공납을 받는 것으로 시작하여 간접 지배, 직접 지배로 점차 흡수해 나갔다면 각기 다른 사서들의 각기 다른 내용이 모두 설명된다. 마한은 온조왕에 의해 복속되었고, 백제에 복속된 부족의 일부로 존속하였던 것이다.

백제는 4세기 중반 제13대 근초고왕(近肖古王, 재위 346~375) 대에 최전성기를 누렸다. 당시 최초로 중국에 사신을 보내 국가로 인정받았고, 왜와 통교하기 시작했다. 수차례의 정복 전쟁을 통해 황해도, 경기도, 충청도, 전라도 일대까지 영토를 확장했다.

475년 제21대 개로왕 21년, 고구려 장수왕에 의해 한성(위례홀)을 빼앗긴 백제는, 웅진(熊津, 충청남도 공주)으로 도읍을 옮겼다. 이어 538년 제26대 성왕 16년, 왕권의 약화와 금강 범람 등 자연재해가 빈번히 발생하자 사비(泗沘 충청남도 부여)로 천도했다. 이는 왕권 강화와 지배 질서 확립을 통한 백제 중흥을 꾀하기 위해서다. 이후 660년 의자왕 재위 20년 멸망할 때까지 사비시대를 누렸다.

제15대 침류왕(재위 384~385) 원년, 동진의 호승인 마라난타 존자에 의해 법성포에 불법과 불도를 전래되면서 불교를 국교로 받아들였다. 불교는 백제의 건축, 회화, 공예, 정치, 외교, 문화 등 전 분야에 걸쳐 지대한 영향을 미쳤으며 이렇게 발달된 많은 불교 문물이 왜에 전파되기도 하였다.

특히 사찰, 석탑, 궁성, 능으로 대변되는 당시 건축은 중국, 일본, 고구려 등 다양한 문화권의 요소를 접목한 독특한 양식으로, 석재를 이용한 대칭적인 배치와 복잡한 조각이 특징이다. 부여의 정림사지 5층 석탑과 익산 미륵사지 석탑 등 불교 관련 건축물을 비롯하여 유네스코 세계문화유산으로 등재된 부소산성, 공산성, 공주 도성, 부여성 등 '백제 역사 유적 지구'의 건축물들이 남아 있어 당시의 빼어난 건축 기술을 확인할 수 있다.

그뿐 아니라, 우아하고 세련된 백제 문화의 정수로 꼽

히는 금동대향로를 통해 불교와 도가 사상이 절묘하게 어우러진 당시 사회 분위기도 알 수 있다. 이렇게 발달한 백제의 금속 공예 기술 역시, 유네스코 인류 무형 문화유산으로 등재되었다.

왕을 중심으로 한 중앙집권체제로 발전하면서 지방관제도 변화하였다. 웅진 천도 이후, 또는 근초고왕이 지방 지배 조직을 정비하고 지방관을 파견하면서 시작되었을 것으로 추정되는 담로제(擔魯制)가 있다. 전국에 22담로를 두고 왕자나 왕족을 보내어 다스리게 하는 제도로, 이때 담로란, 지방 행정의 거점으로서의 성을 지칭하기도 하거니와 이를 중심으로 하는 일정한 통치 영역을 나타내기도 한다.

이러한 담로제는 사비 천도 이후, 5방제(五方制)로 바뀌었으며 지방의 5방 아래 10군을 두어 군마다 3명의 장군과 1,000명 내외의 군사를 두었다. 지휘관을 방령, 군장이라 하였다.

백제의 형법도 부여만큼이나 엄격했다. 살인자나 반역자, 전쟁터에서 후퇴한 군사는 참수했고, 절도한 자는 귀양을 보냄과 동시에 2배를 물게 하였다. 관리에 대한 청렴 준수가 그 어느 때보다 엄정하여, 그들이 뇌물을 받거나 횡령을 한 경우 3배를 배상하고 종신형에 처하였다.

이처럼 백제는 온조왕 이후 30명의 임금, 700년에 가까운 긴 역사를 거치면서 찬란한 문화와 제도를 완성했다. 더욱이 동북 최강국 고구려와의 잦은 전쟁에도 불구하고 해상 무역을 발판으로 독보적인 체제를 구축하여 부강한 나라를 유지하였다는 점에서 높이 평가된다.

소서노가 왕이 되어 길을 닦아놓은 덕분이기도 했다.

이렇듯 대명천지를 밝히는 빛이고, 새로운 개척지로 인도한 길잡이였으며, 천하를 모두 품은 우리 고대사의 어머니 소서노의 죽음에 누구 하나 슬퍼하지 않는 이가 없었다.

결국 고구려에서 추모의 어머니 유화를 시조모로 추앙하듯, 백제 또한 소서노를 시조모로 모셨지만 이는 비교할 수 없는 일이다. 소서노는 자식을 낳고 기른 여느 어머니가 아니었다. 우태, 추모, 비류, 온조라는 우리 고대 역사에 길이 남을 왕들을 차례로 세웠고, 본인 또한 위민하는 왕이었다. 그녀는 타고난 신분을 넘어 나라와 백성에 대한 충심이 있었으며 모성애로 환란을 극복한 대인이었다. 그 어떤 훌륭한 정치인과도 비교할 수 없는 인간적인 정치인이자 존경받는 영웅이었다.

유구한 역사의 그림자에 가려서도 결코 퇴색되지 않는 그녀의 위대함이 더욱 눈부시게 빛을 발하는 이유다.

나는 소서노다

나에게 홀본은 고향이다. 나에게 고구려는 치열한 격전장이다. 나에게 백제는 왕으로서 스스로를 쇄신하여 일궈낸 하나의 결정체다.

내가 싸워온 세상은 더러운 권력 야욕과 음흉한 기만으로 펄펄 끓는 정쟁의 도가니였다. 그 속에서 살아남기 위해 나 또한 진흙탕 속을 뒹굴어야 했다. 하지만 다행히 본의를 저버리지 않고 꿋꿋하게 버텨낼 수 있었다. 나에게는 지켜야 할 가족이, 백성이, 나라가 있었기 때문이다.

백성들을 보라. 하늘에만 매달리지 말고 그 질박하고 순연한 삶을 살펴라. 세상 보는 눈이 바뀌리라.

그들은 주어진 땅을 일궈 곡식을 키우고 거둔 것의

일부만 소유하면서도 서로의 입에 넣어주는 어미와 자식의 마음을 품고 산다. 거친 주먹다짐을 하다가도 어르신의 호통에 물러날 줄 알고, 상대방의 아픔을 진심으로 보듬는 사람의 도리를 안다. 젖동냥하는 아기에게 젖을 물리는 여인들은 측은지심뿐, 아무런 이익을 바라지 않는다. 전투를 지휘하는 장수들이 부하의 공적을 가로채고 더 많은 전리품을 챙기려고 아득바득하는 와중에도, 정작 피를 흘리며 싸우는 이 무구한 백성들은 아무런 보상을 받지 않고도 승리의 기쁨을 나누며 환호한다. 가족을 지키고 나라를 지켜낸 기쁨이 그들에게는 최대의 보상이기 때문이다.

나는 그들을 향한 정치를 꿈꾸었다.

맹자의 말씀이 나를 일깨우고 나를 바라보는 순박한 백성들이 의지를 북돋웠다.

'군주가 자기 자식을 돌보는 마음으로 백성들을 사랑하여 잘 보살피고 굶주리지 않게 한다면 천하의 백성들은 모두 그 군주 밑으로 모여들 것이다. 다른 군주들이 땅을 넓히기 위해 백성들의 목숨을 전쟁터에서 소모하고 있을 때, 만약 부모의 마음으로 백성들을 보호하고 인간답게 살게 해준다면 천하의 어느 백성이 그 군주의 백성이 되고자 하지 않겠는가?'

이러한 맹자의 이상인 덕치(德治)야말로 나의 왕도와 정확히 부합한다.

나는 주어진 운명을 거스르려 하지 않았다. 권력을 지키기 위해 백성을 피 흘리게 하느니 선양을 택하였다. 가뭄과 홍수로 백성이 굶주리면 나라의 곳간을 열어 위로하고 아픈 이를 치료케 하였다. 그런 마음으로 적조차 의로써 품었다.

군주의 마음이 부모와 같다면 이는 당연한 일이다. 그로 인해 자식들이 순응하고 백성들이 나를 쫓는 것이야말로 내가 받을 수 있는 최대의 보상인 것이다.

누구를 원망하고 누구에게 복수하려는 삶은 진정한 삶이 아니다. 결국은 나의 선택이고, 나의 결정이다. 단 한 방울의 눈물조차 핏빛일 수밖에 없었던 나의 고난한 생에서 얻은 것은 바로 역행하지 아니하되, 개척해야 한다는 사실이다. 중요한 것은 과거가 아닌, 내가 밟고 나가야 할 현재고 미래이기 때문이다.

나에게 오는 이들은 내가 품을 것이오, 나를 저버린 이 또한 거듭나 돌아온다면 용서할 수 있다. 다만 그대들, 후손들이여. 내가 보인 인내와 희생을 나약함이나 회피로 읽는다면 나는 차마 그대들을 다시 볼 수 없으리라.

선하고 거룩하다는 찬양도 원치 않으니 나를 대신하여 나의 나라들을 되새기라. 나의 나라들이 후대에 남긴 웅혼한 기상과 뜨거운 항쟁의 역사를 가슴에 아로새겨 다시는 내 나라가 외세에 짓밟히는 일이 없도록 굳건히 지켜내야 할 것이다. 그것이야말로 그대의 선조들을 지켜낸 나에 대한 보상이고, 나를 희생한 대가라 여길 것이니 절대 누구에게도 굽혀 소신을 저버리지 말라. 내가 가졌던 기품과 영광을 상기하며 자랑스럽게 내 나라의 이름을 외쳐라.

내 죽은 혼을 깨워 두 눈 부릅뜨고 지켜보리라.

후기

소설 「여제 소서노」를 출간한 때가 2006년이었으니, 벌써 18년이 지났다. 당시에는 소서노에 대한 사료나 연구 자료가 거의 없어 『삼국사기』와 『동국이상국집』을 중심으로 짧은 주변 역사적 사료만 가지고 두 권짜리 소설을 써 내려갔다.

인물 총서 중에서 소서노 편을 다시 만지게 된 지금도 그때와 많이 달라지지는 않았다. 이후 이루어진 여러 학자의 연구 자료들 또한 내용은 대동소이하다. 상당 부분 짜깁기이거나 추측 일색이다. 이견이 있다면 해석의 차이이고, 사관의 차이일 뿐이다.

다행히 나에게 소서노는, 내게 빙의한 몸주신과 같았다. 많지 않은 사료를 정리하고 기록하는 내내 그녀가 속삭였다.

"내가 세운 나라가 제법이지 않은가?"

"그때는 참으로 비통한 마음이었는데 말이지."

"그래도 너는 나를 이해하는구나."

"너라서 다행이다."

다시 한번 소서노를 만나게 되어 몹시 반가운 시간이었다. 몸이 아파 여러 날 책상 앞에 앉지 못하면서도, 마음을 크게 다쳐 하루의 반을 눈물로 보내면서도 꼭 다시 한번 정리해야 할 일이라 생각하고 진행했다.

오랫동안 공부하고 연구한 학자가 아니기에, 미흡한 부분이 많다. 아직도 허기를 느낀다.

작은 나비의 날갯짓이 지구 반대편에 태풍을 일으키는 정도의 효과는 아닐지라도 돌고 도는 역사를 살피다 보면 미래도 충분히 예측할 수 있는 법이다. 많은 이들이 잘못된 전철을 밟지 않기 위해서라도 우리의 역사, 특히 고대사와 소서노에 관심 가져 주기를 바란다.

2024년 스스로 '나'를 가둔 서재의 한 구석에서

윤선미

참고 자료

『삼국사기』/ 김시습 / 이병도 역 1983년 을유문화사

『후한서 동이열전 연구』/ 기수연 저 2005년 백산자료원

『정사 삼국지 위서』/ 진수 / 김원중 역 2018년 휴머니스트

『아방강역고』/ 정약용 / 정해렴 역주 2001년 현대실학사

『조선상고사』 신채호 / 윤재영 역 / 1987년 동서문화사

『한국생활사박물관』/ 한국생활사박물관 편찬위원회 / 2001년 사계절

『구비문학』/ 서대석 1997년 해냄출판사

『백제서기』/ 박창화

『백제왕기』/ 박창화

『고구려사략』/ 박창화

(논문) 「소서노에 대한 기본 자료 검토」/ 차옥덕 2002년

국사편찬위원회 우리역사넷 '부여'

나무위키 '백제' / 2024년

한국 인물 500인 신간 소개

근대

육성으로 직접 들려주는 독립군 장군 일대기

나는 홍범도다

내가 오지 말았어야 할 곳을 왔네 나, 지금 당장 보내주게

야 이놈들아, 내가 언제 내 흉상 세워 달라 했었나. 왜 너희 마음대로 세워놓고, 또 그걸 철거한다고 이 난리인가. 내가 오지 말았어야 할 곳을 왔네. 나, 지금 당장 보내주게. 원래 묻혔던 곳으로 돌려보내주게. 나, 어서 되돌아가고 싶네.
-홍범도가 독자에게-

이동순 지음 I 값 14,800원

근세

여성 최초 상인 재벌과 재산의 사회 환원

나는 김만덕이다

가난을 돌이킬 수 없는 수치로 여겨라

어진 사람이 나랏일에 간여하다가도 절개를 위해 죽는 것이나, 선비가 바위 동굴에 은거하면서도 세상에 이름을 떨치게 되는 건, 결국 자기완성이 아니겠느냐. 여성의 몸으로 내가 상인으로 나선 이유도 이와 다르지 않다.
-김만덕이 독자에게-

박상하 지음 I 값 14,800원